CATALOGUE

DES ŒUVRES DE FEU

LOUIS JANMOT

PEINTRE LYONNAIS

TABLEAUX, ÉTUDES, CARTONS,
DESSINS

ŒUVRES DE VICTOR ORSEL

dont la vente aux enchères publiques
aura lieu à Lyon, Hôtel des Commissaires Priseurs,
rue de l'Hôpital, n° 6,
Le 17 Avril et les sept jours suivants,
à 7 heures 3|4 du soir.

EXPOSITION GÉNÉRALE

Les Samedi 15 et Dimanche 16 Avril,
de 1 à 5 heures
et chaque jour de vente de 1 à 3 heures.

M. L. GAZAGNE, | M. G. CROZET,
Commissaire priseur, | *Expert,*
6, rue Terme, 6, | 7, rue du Peyrat, 7,

LYON.
1893.

CATALOGUE

DES OEUVRES DE FEU

LOUIS JANMOT

PEINTRE LYONNAIS

TABLEAUX, ÉTUDES, CARTONS, DESSINS

OEUVRES DE VICTOR ORSEL

dont la vente aux enchères publiques
aura lieu à Lyon, Hôtel des Commissaires Priseurs,
rue de l'Hôpital, n° 6,
Le 17 Avril et les six jours suivants,
à 7 heures 3|4 du soir.

EXPOSITION GÉNÉRALE

Les Samedi 15 et Dimanche 16 Avril,
de 1 à 5 heures
et chaque jour de vente de 1 à 3 heures.

❖

M. L. GAZAGNE,	M. G. CROZET,
Commissaire priseur,	*Expert,*
6, rue Terme, 6,	7, rue du Peyrat, 7,

LYON.
1893.

CONDITIONS DE LA VENTE

La vente est faite au comptant. Les acquéreurs paieront 5 0/0 en sus des enchères applicables aux frais.

Les expositions mettant le public à même de se rendre compte de l'état des objets, aucune réclamation ne sera admise une fois l'adjudication prononcée.

ORDRE DES VACATIONS

Lundi 17 avril

Dessins encartés et en feuilles : 380 à 386 — 424 à 431 — 473 à 484 — 335 — 336 — 344 à 347 — 373 — 556 — 562.

Tableaux : 1 à 3 — *Le Poème de l'Ame*, 19 — 20 — 27 à 31 — 59 à 70 — 677 à 680.

Dessins sous verre : 138 à 144 — 184 à 187 — 209 — 215 à 223.

Cartons : 281 — 282 — 284 — 285 — 286 -- 318.

Dessins d'Orsel : 708 bis à 720.

Mardi 18 avril

Dessins encartés et en feuilles : 327 bis à 334 —

387 à 393 — 432 à 438 — 485 à 496 — 337 — 338 — 348 à 351 — 374 — 563 à 868.

Gravures de Boissieu : 603 — 613.

Tableaux : 4 à 6 — 24 — 32 à 36 — 71 à 82 — 681 à 689.

Dessins sous verre : 145 à 151 — 188 à 191 — 207 — 224 à 232.

Cartons : 287 — 288 — 290 — 291 — 292 — 293 — 319.

Dessins d'Orsel : 721 à 734.

Mercredi 19 avril

Dessins encartés et en feuilles : 394 à 399 — 439 à 445 — 497 à 508 — 339 — 352 à 355 — 375 — 569 à 581.

Tableaux : 7 à 9 — 21 — 37 à 41 — 83 à 94 — 686 à 690.

Dessins sous verre : 152 à 158 — 192 à 194 — 211 — 233 à 242.

Cartons : 294 à 300.

Dessins d'Orsel : 725 à 748.

Jeudi 20 avril

Dessins encartés et en feuilles : 400 à 405 — 446 à 452 — 509 à 521 — 340 — 356 à 359 — 376 — 582 à 588.

Gravures ; Portraits : 614 à 620.

Tableaux : 10 et 11 — 23 — 42 à 46 — 95 à 105 — 691 à 695.

Dessins sous verre : 159 à 165 — 195 à 197 — 210 — 243 à 251.

Cartons : 301 à 307.

Dessins d'Orsel : 749 à 762.

Vendredi 21 avril

Dessins encartés et en feuilles : 406 à 411 — 453 à 459 — 522 à 533 — 341 — 360 à 363 — 377 — 589 à 598.

Tableaux : 12 — 13 — 14 — 22 — 47 à 50 — 106 à 116 — 696 à 699.

Dessins sous verre : 166 à 171 — 198 à 200 — 213 — 252 à 260.

Cartons : 295 — 308 — 310 — 311 — 312 — 313 — 314.

Dessins d'Orsel : 763 à 775.

Samedi 22 avril

Dessins encartés et en feuilles : 412 à 417 — 460 à 465 — 534 à 544 — 342 — 364 à 368 — 378.

Gravures de Boissieu : 603 à 613.

Dessins : 650 à 661. — Livres : 662 à 669.

Tableaux : 15 à 17 — 26 — 51 à 54 — 117 à 127.

Dessins sous verre : 172 à 177 — 201 à 203 — 208 — 261 à 269.

Cartons : 283 — 289 — 309 — 315 — 316 — 317 — 320 — 321.

Dessins d'Orsel : 776 à 789.

Lundi 24 avril

Gravures : 621 à 649.

Dessins encartés et en feuilles : 418 à 423 — 466 à 472 — 545 à 555 — 343 — 369 à 372 — 379 — 599 à 602.

Tableaux : 18 à 25 — 55 à 58 — 128 à 137 — 670 à 676 ter.

Dessins sous verre : 178 à 183 — 204 à 206 — 212 — 214 — 270 à 280.

Cartons : 322 à 327.

Dessins d'Orsel : 790 à 803.

LOUIS JANMOT

1814 – 1892

Louis Janmot est né à Lyon en 1814. Elève et lauréat de l'Ecole des Beaux-Arts de notre ville, il entra plus tard à l'atelier d'Ingres, où il fut le condisciple et l'émule d'Hippolyte Flandrin. De retour à Lyon, il se fit remarquer par des œuvres d'une belle exécution et du sentiment le plus élevé. Ses premiers tableaux : le *Christ au tombeau* et la *Résurrection du fils de la veuve de Naïm* le firent promptement apprécier. Puis vinrent la *Fresque de la Cène*, à l'Antiquaille, et, en 1846, le magnifique tableau de *Fleur des champs*, auquel Ingres, Chenavard et les artistes les plus exigeants de l'époque prodiguèrent leur admiration. Janmot était alors à l'apogée de son talent.

Le *Poème de l'Ame*, œuvre de longue haleine, qu'il accompagna d'un volume explicatif en vers, compte 34 tableaux ou dessins. Il dénote une merveilleuse imagination et un sentiment poétique de premier ordre. Il y consacra de longues années, pendant lesquelles, néanmoins, il produisit d'autres œuvres remarquables : les peintures murales de Saint-Polycarpe et de Saint-François de Sales, le triptyque de Saint-Jean, le plafond de l'Hôtel de Ville, etc. ; sans compter de nombreux portraits, dont un des plus connus est celui du Père Lacordaire.

Nommé professeur à l'Ecole des Beaux-Arts, il résilia ses fonctions pour se fixer à Paris, où il exécuta des travaux importants à Saint-Etienne du Mont, à la chapelle des Franciscains de la Terre Sainte, et dans sa villa de Bagneux. Les allemands saccagèrent sa maison et détruisirent ses œuvres.

Il habita successivement la Bretagne et la Provence. Il exécuta dans le midi de la France diverses peintures murales. De retour à Lyon, il ne cessa de travailler jusqu'à la maladie qui l'emporta le 1er juin 1892.

Quelques années avant sa mort, il avait publié, sous le titre d'*Opinion d'un artiste sur l'Art*, un volume d'esthétique plein d'aperçus élevés et de réflexions instructives.

Il laisse un ensemble d'œuvres des plus remarquables et des plus variées : peintures de haut style, cartons et dessins de premier ordre, études de paysages, pastels, etc., tout s'y rencontre ; tout y donne la mesure d'un artiste qui honora l'art et sa ville natale aussi bien par son caractère que par son merveilleux talent.

ŒUVRES DE FEU
LOUIS JANMOT

PREMIÈRE PARTIE

PEINTURES ENCADRÉES.
TABLEAUX.

1. Fleur des Champs, signé et daté. H. 1 m. 40, L. 1 m.
> Tableau digne du Louvre, au dire de Paul Chevavard.

2. La Vierge et l'Enfant Jésus, sur bois, cadre doré, signé et daté Lyon 1844. H. 0 m. 55, L. 0 m. 45.

3. Paysage de la Provence, sur toile, cadre doré, H. 1 m. 12, L. 1 m. 45.

4. Ophélie, sur toile, cadre doré, signé et daté. H. 1 m. 20, L. 0 m. 92. De forme ovale.

5. Paysage, sur toile, cadre doré, signé. H. 0 m. 96, L. 0 m. 75.

6. L'Amour domptant la force, sur toile, cadre doré, copie d'après Rubens. H. 0 m. 66, L. 0 m. 52.

7. Figure de femme, les cheveux ceints d'une bandelette, sur toile, cadre doré. H. 0 m. 46, L. 0 m. 38.

8. Le supplice de Mézence, variante du tableau du *Poème de l'Ame,* sur toile, cadre doré, signé et daté 1865. H. 1 m. 13, L. 1 m. 45.

9. **Thomyris recevant la tête de Cyrus,** sur toile, cadre doré, d'après le tableau de Rubens qui est au Louvre. H. 0 m. 35, L. 0 m. 26.

10. **L'Astronomie,** copie des loges du Vatican, d'après Raphaël, sur toile, cadre doré. H. 1 m. 30, L. 1 m. 05.

11. **Le Poème de l'Ame,** sur toile, variante. H. 1 m. 12, L. 1 m. 45.

12. **Rayons de soleil,** variante du *Poème de l'Ame*, sur toile, cadre doré. H. 1 m. 13, L. 1 m. 45.

13. **Cléopâtre,** sur toile, cadre doré ovale. H. 0 m. 75, L. 0 m. 60.

14. **Un Amour,** copie sur toile, cadre doré, d'après Rubens. H. 0 m. 52, L. 0 m. 62.

15. **Le Rêve du Dante,** sur toile, cadre doré, signé et daté 1871. H. 2 m. 02, L. 2 m. 88.

16. **La récompense du verre d'eau,** sur toile, sans cadre, non terminé. H. 1 m. 70, L. 1 m. 20.

17. **Portrait de Raphaël,** d'après le tableau du Louvre, sur toile, cadre doré. H. 0 m. 35, L. 0 m. 27.

18. **Le Jugement particulier après la mort,** sur toile, cadre doré, signé et daté 1891, cadre noir et or. H. 2 m. 25, L. 3 m. 60.

19. **LE POÉME DE L'AME.**

Ire SÉRIE. — PEINTURE.

I. GÉNÉRATION DIVINE.

L'âme sortant du sein de Dieu. Vision de l'infini.

II. LE PASSAGE DES AMES.

Les anges conduisent sur la terre les âmes nouvellement créées, et ramènent les âmes des morts pour être jugées. L'humanité terrestre figurée par Prométhée. Signé, 1854.

III. L'ANGE ET LA MÈRE.

L'enfant qui vient de naître est endormi sur le sein de sa mère. Un ange prie à ses côtés, tourné vers l'orient.

IV. LE PRINTEMPS.

Dans une prairie, deux enfants jouent. Bouquets de fleurs et papillons.

V. SOUVENIR DU CIEL.

Les deux enfants soulevés de terre lèvent leurs bras vers la Sainte Vierge et l'Enfant Jésus entourés d'anges. Scène éclairée par le soleil couchant.

VI. LE TOIT PATERNEL.

La famille assemblée autour de l'aïeule qui lit la Bible. C'est le soir. Orage au dehors.

VII. MAUVAIS SENTIER.

Perdus pendant la nuit, les enfants gravissent un sentier ardu. D'un côté, des rochers arides, de l'autre, un long mur de clôture dont les portes sont gardées par des hommes vêtus de noir, tenant un flambeau et un livre à la main. Au premier plan, une vieille femme serre dans sa main un trousseau de clefs, et suit d'un regard irrité les enfants effrayés en passant devant elle.

VIII CAUCHEMAR.

Suite du précédent. Vastes couloirs éclairés par des flambeaux. La vieille femme a atteint et emporte l'enfant vêtu de blanc. L'autre enfant est sur le point d'être atteint : il ne peut fuir; le sol s'effondre sous ses pas. Système exclusif et complet d'éducation par la contrainte obligatoire et les travaux forcés. Signé et daté 1854.

IX. LE GRAIN DE BLÉ.

Un prêtre âgé, tenant et montrant dans sa main un épi de blé, enseigne les deux enfants assis près de lui. Paysage d'été.

X. Iʳᵉ COMMUNION.

Procession de jeunes communiants et de jeunes communiantes dans une église gothique, Saint-Jean de Lyon.

XI. VIRGINITAS.

Au milieu d'un paysage alpestre les deux communiants, vêtus de blanc, se reposent près d'une source qui coule à leurs pieds. Ils caressent, l'une une panthère, l'autre une colombe. Un lys qu'ils semblent admirer élève sa tige entre eux deux. État de paix et d'innocence. Accord entre l'âme et la nature.

XII. L'ÉCHELLE D'OR.

En cet état, les âmes sont prêtes à recevoir les inspirations du Bien, du Beau et du Vrai. Un soir, les enfants endormis sous un grand arbre, font tous deux le même rêve; ils voient Dieu le Père étendre ses bras et bénir des anges qui montent et descendent de la terre au ciel et du ciel à la terre. Ces anges sont au nombre de neuf, et, comme les muses antiques, figurent les arts et les sciences. Signé 1856.

XIII. RAYONS DE SOLEIL.

Ronde de jeunes gens. Paysage d'automne.

XIV. SUR LA MONTAGNE.

Le jeune homme donnant la main à la jeune fille qu'il aide à gravir une pente escarpée. Ils se profilent tous deux sur un ciel du matin.

XV. UN SOIR.

Les mêmes assis au sommet de la montagne. Le jour tombe et la lune se lève à l'horizon.

XVI. LE VOL DE L'AME.

Condition terrestre oubliée et dépassée.

XVII. L'IDÉAL.

La jeune fille écarte un nuage dans lequel elle va disparaître. Contemplation et adoration de la beauté. Derniers regards. Signé, daté 1856.

XVIII. RÉALITÉ.

Pleurant sur une tombe.

IIe SÉRIE. — CARTONS.

XIX. SOLITUDE.

Jeune homme à demi couché à l'ombre d'une forêt de sapins. Signé et daté 1861.

XX. L'INFINI.

Debout au bord de la mer et appuyant ses deux mains sur sa poitrine. Ciel étoilé.

XXI. RÊVE DE FEU.

Le jeune homme s'est endormi dans la campagne et voit, dans son rêve, des jeunes filles cueillant des fleurs ; une d'elles s'approche de lui en jetant des roses. Signé, 1861.

XXII. AMOUR.

Deux jeunes gens s'embrassent. La lisière d'une forêt se détache sur un ciel du soir. Signé, 1861.

XXIII. ADIEU.

A genoux devant celle qui s'enfuit. Lys brisé. Signé, 1861.

XXIV. LE DOUTE.

Marche descendante dans un pays désert. Les nuages couvrent le ciel et semblent tomber sur la terre.

XXV. L'ESPRIT DU MAL.

Mauvais esprits et mauvais conseils. Signé, daté 1861.

XXVI. L'ORGIE.

Une salle de festin éclairée aux flambeaux. Chansons, danses et jeux. Signé, daté 1861.

XXVII. SANS DIEU.

Seul, assis sur le tronc d'un arbre déraciné, le jeune homme repousse du pied l'Évangile. Dans le fond apparaît un personnage vêtu et voilé de noir, se dirigeant de son côté. Signé, daté 1867.

XXVIII. LE FANTOME.

Un voyageur qui marche malgré lui, poussé par le fantôme noir. Grève de la mer soulevée par la tempête. Signé et daté 1867.

XXIX. CHUTE FATALE.

Le personnage voilé de noir et tenant ouvert un livre sur lequel est écrit Fatalité. A ses côtés, deux figures qui symbolisent, l'une la Matière, l'autre la Révolte. Il pousse du pied le voyageur qui tombe dans un précipice. Au second plan, l'arbre de la science du bien et du mal, derrière lequel apparait un temple antique. Dans le lointain, une ville incendiée.

XXX. SUPPLICE DE MÉZENCE.

Lutte d'un vivant avec un cadavre auquel il est enchaîné. Fond d'un ravin entouré de rochers et éclairé par la lune.

XXXI. LES GÉNÉRATIONS DU MAL.

Sur le premier plan, le vivant lié au cadavre. A gauche la
fatalité assise sur le Sphynx. A droite, un vieillard tenant
un miroir et étudiant le crâne d'un singe qui lui dérobe son
manteau. En haut, dominant les rochers à pic et se détachant
sur un ciel du crépuscule, la ronde des Filles du Mal. Signé.

XXXII. INTERCESSION MATERNELLE.

Une mère couronnée d'épines à genoux devant le Christ et
la Vierge entourés d'anges et de Vertus. Cette mère en prière
symbolise l'Église. Le Christ fait un signe, et la Béatrix des
premiers jours redescend sur la terre.

XXXIII. LA DÉLIVRANCE OU VISION DE L'AVENIR.

L'ange tenant le drapeau de la Foi pousse le cadavre dans la
mer. Près de lui, la Science, un livre à la main, un lion sous
ses pieds, regarde le drapeau. La Loi tenant une main de
justice et lisant dans un livre ouvert devant elle. Un loup est
sous ses pieds. Signé, daté 1872.

XXXIV. SURSUM CORDA! ESTO VIR!

L'âme est remontée sur les hauteurs. Rencontre de Béatrix
qui lui rappelle son passé et lui parle de l'avenir. Vision du
ciel, le Christ sous les traits du Bon Pasteur apparaît entouré
d'anges et de saints.

Deux chœurs alternent leurs chants: 1er chœur, la Foi,
l'Espérance et la Charité; 2e chœur, la Force, la Prudence,
la Tempérance et la Justice. Signé, daté 1879.

MAQUETTES.

20. Saint-Etienne lapidé, tableau de *l'église de
Saint-Étienne du Mont*, à Paris, sur toile, cadre
doré. H. 0 m. 51, L. 0 m. 39.

**21. Le mariage de Saint-François d'Assise avec
la Pauvreté,** tableau dans la *chapelle des PP.
Franciscains* de la rue des Fourneaux, à Paris,
sur toile, cadre doré. H. 0 m. 32, L. 0 m. 40.

22. **Adoration de la Vierge et de l'Enfant Jésus,** tableau exécuté pour la. *chapelle privée de Santeny.* H. 0 m. 56, L. 0 m. 38.

23. **Adoration de la Vierge et de l'Enfant Jésus** tableau de *la chapelle des P. Franciscains,* sur, toile, cadre doré. H. 0 m. 45, L. 0 m. 33.

24. **Tableau de la chapelle Saint-Etienne,** sur toile, cadre doré, cachet de la vente. H. 0 m. 50 L. 0 m. 40.

25. **Saint-Etienne lapidé,** projet de *la fresque de l'église de Saint-Etienne du Mont,* sur carton, cachet de la vente. II. 0 m. 34, L. 0 m. 26.

26. **Le plafond de l'Hôtel de ville de Lyon,** esquisse peinte, sous verre, cadre doré. H. 0 m. 20. L. 0 m. 45.

FIGURES ET PORTRAITS SUR CARTON,

CADRES DORÉS.

27. **Le Christ,** tête d'étude. H. 0 m. 27, L. 0 m. 21.

28. **La Vierge de l'église de la Mulatière,** étude de figure, sur toile, cadre doré.

29. **Portraits de PP. franciscains,** faisant pendants, 2 pièces. H. 0 m. 36, L. 0 m. 25.

30. **Figure d'homme,** étude pour saint Pierre. H. 0 m. 33, L. 0 m. 26.

31. **Portrait de Blanc Saint-Bonnet,** écrivain et philosophe Lyonnais pour *la fresque de l'Antiquaille.* H. 0 m. 35, L. 0 m. 27.

32. **Portrait d'un vieillard.** II. 0 m. 32, L. 0 m. 23.

33. **Portrait d'un P. capucin.** H. 0 m. 26, L. 0 m. 35.

34. **Portrait d'un P. franciscain.** II. 0 m. 36, L. 0 m. 25.

35. La Douleur, étude de figure de femme.
H. 0 m. 35, L. 0 m. 33.

36. Portrait de Clément Lacuria, peintre Lyonnais,
étude pour *la fresque de l'Antiquaille.* H. 0 m. 32,
L. 0 m. 24.

37. Figure d'homme. H. 0 m. 35, L. 0 m. 27.

38. Figure de femme, sur toile. H. 0 m. 46, L. 0 m. 37.

39. Etude d'archange, sur toile. H. 0 m. 35,
L. 0 m. 0 m. 30.

40. Pêcheur napolitain. H. 0 m. 27, L. 0 m. 18.

40 bis. Figure de femme, sur toile, cadre doré.
H. 0 m. 46, L. 0 m. 38.

41. Figure de femme, sur toile. H. 0 m. 40,
L. 0 m. 32.

42. Figure d'enfant.

43. Figure de jeune fille. H. 0 m. 16, L. 0 m. 13.

44. Figure d'homme. H. 0 m. 35, L. 0 m. 32.

45. Figure de femme. H. 0 m. 40, L. 0 m. 32.

46. Figure d'homme, sur toile. H. 0 m. 46, L. 0 m. 37.

47. Figure d'homme. H. 0 m. 18, L. 0 m. 13.

48. Figure de jeune fille, sur bois. H. 0 m. 24.
L. 0 m. 19.

49. Figure d'homme, vieillard à grande barbe, sur
toile, cadre doré. H. 0 m. 65, L. 0 m. 40.

50. Figure d'enfant, sur bois. H. 0 m. 32, L. 0 m. 24.

51. Portrait d'homme. H. 0 m. 32, L. 0 m. 22.

52. Figure d'un vieillard. H. 0 m. 36, L. 0 m. 30.

53. Figure de femme, sur toile. H. 0 m. 46,
L. 0 m. 37.

54. Figure d'homme, sur carton, étude pour *la
fresque de l'Antiquaille.* H. 0 m. 36, L. 0 m. 26.

55. Etude de figures, sur toile, cadre doré.

56. Succurre cadenti, sur toile. H. 0 m. 38, L. 0 m. 46.

57. La Mort surprenant la Jeunesse, sur toile. H. 0 m. 37, L. 0 m. 46.

58. Tigres et lions. H. 0 m. 30, L. 0 m. 25.

ETUDES DE PAYSAGES SUR CARTON,
CADRES DORÉS

59. La Vallée, Bords de rivière, faisant pendants. H. 0 m. 24, L. 0 m. 32.

60. L'Orage. H. 0 m. 22, L. 0 m. 29.

61. L'Étang. H. 0 m. 30, L. 0 m. 25.

62. Lisière de bois, sur toile. H. 0 m. 46, L. 0 m. 55.

63. Biskra,
Environs de Constantine, faisant pendants. H. 0 m. 23, L. 0 m. 30.

64. Bords de la Méditerranée, rochers, cadre doré. H. 0 m. 30, L. 0 m. 45.

65. Lisière de bois, dans le Bugey,
Site montagneux, faisant pendants. H. 0 m. 15, L. 0 m. 21.

66. Site du midi, cadre doré. H. 0 m. 28, L. 0 m. 20.

67. Rochers. H. 0 m. 20, L. 0 m. 32.

68. Site de montagne. H. 0 m. 19, L. 0 m. 25.

69. Vue du Mont-Blanc. H. 0 m. 25, L. 0 m. 33.

70. Site du Bugey. H. 0 m. 17, L. 0 m. 25.

71. Paysage. H. 0 m. 17, L. 0 m. 25.

72. Vallée du Gapeau, à Hyères, signé et daté 1842. H. 0 m. 30, L. 0 m. 39.

73. La Clairière, sur toile. H. 0 m. 45, L. 0 m. 56.

74. Paysage, sur bois. H. 0 m. 39, L. 0 m. 54.

75. Biskra,
Environs de Constantine, faisant pendants.
H. 0 m. 17, L. 0 m. 25.

76. La mer vue d'Hyères, sur toile. H. 0 m. 25,
L. 0 m. 45.

77. Environs de Toulon,
Site du Bugey, faisant pendants. H. 0 m. 25,
L. 0 m. 32.

78. Le Matin,
Le Vallon, faisant pendants. H. 0 m. 15, L. 0 m. 27.

79. Intérieur de l'église de Saint-Jean, à Lyon.
H. 0 m. 24, L. 0 m. 29.

80. Site de montagne. H. 0 m. 13, L. 0 m. 33.

81. Ville du midi. H. 0 m. 14, L. 0 m. 25.

82. Lisière de bois,
Etudes d'arbres, Bugey, faisant pendants.
H. 0 m. 17, L. 0 m. 25.

83. Echappée sur la vallée, site de montagne.
H. 0 m. 27, L. 0 m. 36.

84. Environs de Puget-ville (Var),
Montagne de Chalais (Isère), faisant pendants
H. 0 m. 25, L. 0 m. 34.

85. Falaise du Nord,
Crépuscule, faisant pendants. H. 0 m. 17,
H. 0 m. 26.

86. L'étang bordé d'arbres,
Champs boisés, faisant pendants. H. 0 m. 27,
L. 0 m. 37.

87. Alger, La Kasbah. H. 0 m. 25, L. 0 m. 34.

88. Environs de Naples. H. 0 m. 27, L. 0 m. 36.

89. Environs de Morestel,
Bords de rivière, faisant pendants. H. 0 m. 21,
L. 0 m. 29.

90. Sous bois. H. 0 m. 25 L. 0 m. 17.

91. Site du Bugey,
Etude de chênes, faisant pendants. H. 0 m. 24,
L. 0 m. 34.

92. Lisière de bois. H. 0 m. 17, L. 0 m. 25.

93. Site du Bugey. H. 0 m. 16, L. 0 m. 31.

94. L'aube. H. 0 m. 25, L. 0 m. 34.

95. La mare dans le bois,
Paysage d'Algérie, faisant pendants. H. 0 m. 27,
L. 0 m. 35.

96. Les champs. H. 0 m. 27, L. 0 m. 34.

97. Pierre-Scize, étude d'arbres au-dessus de l'Observance, sur toile. H. 0 m. 42, L. 0 m. 70.

98. Bords du Gapeau, près Hyères, sur toile.
H. 0 m. 45, L. 0 m. 55.

99. Baie d'Alger. H. 0 m. 23, L. 0 m. 30.

100. Marine. H. 0 m. 19, L. 0 m. 26.

101. Environs de Toulon. H. 0 m. 21, L. 0 m. 15.

102. Etude de rochers, Bugey. H. 0 m. 31,
L. 0 m. 27.

103. Broussailles et plantes près de Toulon.
H. 0 m. 23, L. 0 m. 30.

104. Etudes d'arbres, midi de la France. H. 0 m. 33,
L. 0 m. 25.

105. Chemins du bois,
Etude de Ciel, faisant pendants. H. 0 m. 20,
L. 0 m. 28.

106. Le bouquet d'arbres, sur bois. H. 0 m. 30,
L, 0 m. 40.

107. Le Vallon. H. 0 m. 21, L. 0 m. 29.

108. Environs de Rome,
Paysage du Bugey, faisant pendants. H. 0 m. 22,
L. 0 m. 34.

109. **Paysage du Bugey.** H. 0 m. 29, L. 0 m. 32.

110. **Environs d Alger.** H. 0 m. 24, L. 0 m. 35.

111. **Rochers au bord de la Méditerranée.** H. 0 m. 21, L. 0 m. 30.

112. **Pré entouré de sapins,** Bugey. H. 0 m. 37, L. 0 m. 47.

113. **Site du Bugey.** H. 0 m. 25, L. 0 m. 17.

114. **Le chemin dans le bois.** H. 0 m. 32, L. 0 m. 25.

115. **Lever de lune.** H. 0 m. 14, L. 0 m. 20.

116. **Cèdres du Liban,**
Effet de Ciel, faisant pendants. H. 0 m. 21, L. 0 m. 29.

117. **La Villeneuve,** Bretagne. H. 0 m. 31, L. 0 m. 24.

118. **Lisière de bois.** H. 0 m. 21, L. 0 m. 27.

119. **Lisière de bois.** H. 0 m. 38, L. 0 m. 49.

120. **Le petit pont dans la prairie,**
La vallée au crépuscule, environs de Constantine, sur toile, faisant pendants. H. 0 m. 25, L. 0 m. 32.

121. **Environs d'Alger.** H. 0 m. 20, L. 0 m. 32.

122. **Rochers d'Hyères,**
Rochers au bord de la Méditerranée, faisant pendants. H. 0 m. 22, L. 0 m. 31.

123. **Intérieur de forêt de sapins.** H. 0 m. 25, L. 0 m. 19.

124. **Etudes d'arbres,** Bugey. H. 0 m. 25, L. 0 m. 33.

125. **Environs de Toulon,**
Montagnes du Chablais, le Grandson, faisant pendants. H. 0 m. 25, L. 0 m. 35.

126. **L'allée dans le bois.** H. 0 m. 33, L. 0 m. 27.

127. **Intérieur de forêt de sapins,** Bugey. H. 0 m. 48, L. 0 m. 30.

128. **Vue de Lyon**, à Saint-Georges, H. 0 m. 21,
L. 0 m. 27.

129. **Le Rhône**, vu de la Mulatière. H. 0 m. 21,
L. 0 m. 30.

130. **Alger.** H. 0 m. 27, L. 0 m. 36.

131. **Biskra.** H. 0 m. 17, L. 0 m. 25.

132. **La mer aux environs de Naples.** H. 0 m. 27,
L. 0 m. 34.

133 **Bords de mer**, Océan. H. 0 m. 23, L. 0 m. 30.

134. **Le soir.** II. 0 m. 15, L. 0 m. 24.

135. **Coucher de soleil.** H. 0 m. 19, L. 0 m. 25.

136. **Vallée.** H. 0 m. 20, L. 0 28.

137. **Sous bois.** H. 0 m. 21, L. 0 m. 29.

DEUXIÈME PARTIE

PASTELS, AQUARELLES ET DESSINS,
SOUS VERRE, CADRES DORÉS.

138. Négresse, signé et daté 1867. H. 0 m. 47,
L. 0 m. 37.

139. Tête de chèvre, pour la fresque de Bagneux,
signé et daté 1869. H. 0 m. 19, L. 0 m. 28.

140. Paysage, lisière de bois. H. 0 m. 29, L. 0 m. 23.

141. Marine, bords de la Méditerranée. H. 0 m. 21,
L. 0 m. 32.

142. Bords de la mer, effet de nuit. H. 0 m. 25,
L. 0 m. 37.

143. Marine. H. 0 m. 20, L. 0. m. 28.

144. Paysage. H. 0 m. 22, L. 0 m. 33.

145. Etude d'anges, sous verre, cadre doré, signé.
H. 0 m. 39, L. 0 m. 49.

146. Marine, Rochers au bord de la mer, faisant
pendants. H. 0 m. 22, L. 0 m. 29.

147. Paysages : La clairière, Romo, signés et datés
1885, faisant pendants. H. 0 m. 28, L. 0 m. 45.

148. Marines, rochers au bord de la mer. H. 0 m. 29,
L. 0 m. 22.

149. Paysages de la Provence, arbres et rochers,
faisant pendants. H. 0 m. 23, L. 0 m. 30.

150. Marine, la falaise, signé. H. 0 m. 20, L. 0 m. 28.

151. Paysages, études de terrains, faisant pendants. H. 0 m. 26, L. 0 m. 37.

152. Portrait d'un enfant, sous verre, cadre doré, signé et daté 1868. H. 0 m. 35, L. 0 m. 28.

153. Paysages: La prairie, La vallée, sous verre, cadres dorés, faisant pendants. H. 0 m. 22, L. 0 m. 29.

154. Paysage du midi de la France. H. 0 m. 37. L. 0 m. 45.

155. Paysage d'Algérie, au crépuscule, faisant pendants. H. 0 m. 30. L. 0 m. 43.

156. Paysage d'Algérie: Marine, Rochers au bord de la mer, faisant pendants. H. 0 m. 23, L. 0 m. 30.

157. Marine, le mont Vésuve. H. 0 m. 17, L. 0 m. 27.

158. Paysage. H. 0 m. 17, L. 0 m. 27.

159. Paysage. H. 0 m. 27, L. 0 m. 22.

160. Marine, bords de la Méditerranée, côtes de Provence.
Paysage, La plaine, faisant pendants. H. 0 m. 22, L. 0 m. 30.

161. Paysages, La prairie, effet de matin; La vallée, faisant pendants. H. 0 m. 22, L. 0 m. 30.

162. Marine, un fort au bord de l'Océan, signé et daté. H. 0 m. 25, L. 0 m. 41.

163. Paysage, La vallée, sites de la Provence, faisant pendants. H. 0 m. 22, L. 0 m. 30.

164. Marine, la mer au pied du Vésuve. H. 0 m. 21, L. 0 m. 29.

165. Paysage, cour de ferme. H. 0 m. 27, L. 0 m. 27.

166. Marine. H. 0 m. 27, L. 0 m. 37.

167. Paysage, soleil couchant. H. 0 m. 19, L. 0 m. 27.

168. Paysage, Solitude, faisant pendants. H. 0 m. 21, L. 0 m. 27.

169. **Paysage**, effet de matin. H. 0 m. 15, L. 0 m. 25.

170. **Marine**, la mer Méditerranée. H. 0 m. 28, L. 0 m. 43.

171. **Paysage de la Provence**, bords de la Méditerranée, faisant pendants. H. 0 m. 23, L. 0 m. 30.

172. **Marine.** H. 0 m. 22, L. 0 m. 29.

173. **Marine**, rochers et arbres au bord de la mer. H. 0 m. 23, L. 0 m. 30.

174. **Bords de l'eau.** H. 0 m. 20, L. 0 m. 40.

175. **Paysage d'Algérie.** H. 0 m. 13, L. 0 m. 30.

176. **Paysage**, la prairie. H. 0 m. 27, L. 0 m. 46.

177. **Paysage**, la métairie. H. 0 m. 29, L. 0 m. 44.

178. **Paysage**, le pré entouré d'arbres. H. 0 m. 22, L. 0 m. 29.

179. **Marine**, bords de la mer Méditerranée. H. 0 m. 10, L. 0 m. 17.

180. **Marine**, pleine mer, signé. H. 0 m. 16, L. 0 m. 20.

181. **Arbres coupés**, paysage au crayon noir, signé et daté.

182. **Mustapha**, paysage au crayon noir, signé et daté.

183. **Vue de Saint-Georges** à Lyon, au crayon noir, signé et daté.

AQUARELLES, DESSINS, PAYSAGES,

SOUS VERRE.

184. **Le Vallon**,
La Mare, faisant pendants. H. 0 m. 15, L. 0 m. 24.

185. **La baie de Naples.** H. 0 m. 13, L. 0 m. 21.

186. **Crépuscule.** H. 0 m. 12, L. 0 m. 21.

187. **Tête de femme,** étude peinte sur toile, sous verre.

188. **Paysage,**
Paysage, faisant pendants. H. 0 m 10, L. 0 m. 22.

189. **Bords de la Méditerranée,**
Côtes de la Provence, faisant pendants.
H. 0 m. 17, L. 0 m. 24.

190. **Paysage du Midi.** H. 0 m. 14, L. 0 m. 22.

191. **Tête d'enfant,** étude peinte sur toile, sous verre.

192. **Lisière de bois,**
Paysage, faisant pendants. H. 0 m. 15,
L. 0 m. 21.

193. **Bords de la mer,**
Côtes de la Provence, faisant pendants.
H. 0 m. 15, L. 0 m. 21.

194. **Tête de jeune fille,** étude peinte sur toile, sous verre.

195. **Paysage.** H. 0 m. 10, L. 0 m. 27.

196. **Bords de la mer,** côte d'Algérie. H. 0 m. 21, L. 0 m. 27.

197. **Paysage,** soleil couchant. H. 0 m. 11, L. 0 m. 19.

198. **Paysage.** H. 0. m. 13, L. 0 m. 20.

199. **Marine.** H. 0 m. 13, L. 0 m. 20.

200. **Paysage du Midi.** H. 0 m. 24, L. 0 m. 30.

201. **Paysage du Midi.** H. 0 m. 23, L. 0 m. 28.

202. **Bords de la mer.** H. 0 m. 13, L. 0 m. 23.

203. **Paysage,** le matin. H. 0 m. 11, L. 0 m. 16.

204. **Le ruisseau,** aquarelle et gouache. H. 0 m. 22, L. 0 m. 29.

205. **Rochers** au bord de la mer. H. 0 m. 17, L. 0 m. 24.

206. **Lisière de bois.** H. 0 m. 21, L. 0 m. 23.

ESQUISSES DE COMPOSITION, DESSINS, SOUS VERRE.

207. **Esquisse,** au crayon noir, d'un tableau pour *la chapelle du Purgatoire*. Superbe pièce sous verre, cadre doré, signée et datée.

208. **Esquisse,** au crayon noir, pour *le plafond de l'Hôtel de ville de Lyon*, signée et datée 1860.

209. **Esquisse** préparatoire de la *Fin des temps*, aux deux crayons, sous verre, cadre doré.

210. **Esquisse** de composition pour le tableau du *miracle de saint Hilaire*, au crayon noir, signée et datée.

211. **Esquisse** de composition pour le tableau de *saint Hilaire*, signée et datée.

212. **Saint Etienne lapidé,** important dessin aux deux crayons, signé.

213. **Esquisse** de composition pour le tableau de *la Vierge* de Santeny, au crayon noir, sous verre, cadre doré, signé.

214. **Esquisse** de composition pour *la chapelle de Saint-Etienne*, au crayon noir, sous verre, cadre doré, signée et datée.

FIGURES ET DESSINS, SOUS VERRE.

215. **Portrait de Chenavard,** aux deux crayons, signé et daté Paris 1860.

216. **Figure,** aux deux crayons, pour *la fresque de l'église Saint-Polycarpe*, signée et datée 1855.

217. **Figure de femme,** mine de plomb et crayon noir, pour *le plafond de l'hôtel de ville de Lyon,* signée.

218. **Figure d'homme,** mine de plomb et crayon noir, pour *la fresque de l'église de Saint-Polycarpe,* signée et datée 1855.

219. **Figure de Sainte Vierge,** à la mine de plomb, signée et datée 1841.

220. **Figure de sainte,** au crayon noir, signée et datée.

221. **Etude de figure,** pour *la chapelle de l'église de Saint-Polycarpe,* dessin à la mine de plomb, signé et daté 1855.

222. **Figure de femme,** aux trois crayons, pour *la chapelle des PP. Franciscains,* signée et datée 1879.

223. **Figure d'enfant,** aux deux crayons, signée et datée 1876

224. **Figure de femme,** mine de plomb et crayon noir, signée et daté 1837.

225. **Figure,** à la mine de plomb, pour le *Poème de l'Ame,* signé.

226. **La Jeunesse,** mine de plomb, signée et datée, Lyon 1846.

227. **Figure de vieille femme,** à la mine de plomb, signée et datée.

228. **Figure de femme,** au crayon noir, signée et datée.

229. **Etude de figure** pour le *Christ au tombeau,* au crayon noir, signée et datée 1834.

230. **Dessin,** aux deux crayons, pour la *Vierge* de Saint-Jean, signé et daté 1844.

231. **Figure de femme,** mine de plomb et crayon noir, signée et datée 1843, Florence.

232. Figures entières, études d'hommes, au crayon noir, signées et datées 1872.

233. Figure de femme, au crayon noir, signée et datée 1843.

234. Figure d'enfant, mine de plomb, signée et datée 1843.

235. Figure de femme, pour le *Christ au tombeau*, mine de plomb, signée et datée 1835.

236. Figure de femme, à la mine de plomb, signée et datée.

237. Figure de femme, au crayon noir et à la mine de plomb, signée et datée.

238. La Foi, étude de figure pour *la chapelle de Saint-Lager*, signée et datée 1858.

239. Figures de vieillard, au crayon noir, signées et datées 1844.

240. Figure de femme, au crayon noir, signée et datée 1845.

241. Figure de femme, mine de plomb, pour le tableau de l'*Assomption* de l'église de la Mulatière à Lyon.

242. Figure de femme, à la mine de plomb, signée et datée.

243. Figure d'enfant, à la mine de plomb, signée et datée 1838.

244. Figure d'enfant, à la mine de plomb, signée.

245. Figure de femme, mine de plomb et crayon noir, signée et datée.

246. Figure de femme, au crayon noir.

247. Figure de femme, l'*Extase*, pour la coupole de *l'église Saint-François* à Lyon, à la mine de plomb, signée et datée.

248. **Figure de jeune fille**, mine de plomb, signée et datée.

249. **Figure de femme**, à la mine de plomb et au crayon noir, signée et datée 1845.

250. **Figure d'enfant**, mine de plomb et crayon noir, signée.

251. **Figure de femme** à la mine de plomb, signée et datée 1844.

252. **Figure de femme**, au crayon noir, signée et datée 1838.

253. **Figure de femme**, aux trois crayons signée et datée 1877.

254. **Figure d'enfant**, tête à la mine de plomb, signée et datée.

255. **Figure d'expression**, portrait d'une religieuse, à la mine de plomb, signé et daté.

256. **Etude d'ange**, pour la lapidation de saint Etienne à *l'église Saint-Etienne du Mont,* signée et datée 1866.

257. **Figure de femme**, à la mine de plomb, signée et datée.

258. **Dessin**, aux trois crayons, étude pour le *Poème de l'Ame,* signé.

259. **Figures**, d'après les anciens maîtres italiens, crayon noir, signées et datées.

260. **Têtes de Vierge** d'après Giotto, à la mine de plomb.

261. **Figure de femme**, d'après Raphaël, à la mine de plomb, signée et datée 1843.

262. **L'Adoration**, mine de plomb.

263. **Figure de sainte**, au crayon noir, signée et datée.

264. **Figure de femme**, la *Prière,* pour le tableau

de l'*Institution du Rosaire*, à Toulon, signée et datée.

265. **Figure d'homme**, au crayon noir, signée et datée.

266. **Le Christ**, au fusain, signé.

267. **Sainte Cécile**, au fusain, signée.

268. **Etude de figure**, pour le saint Mathieu de la *coupole de l'église Saint-François* à Lyon, au crayon noir, signée et datée 1859.

269. **Etude de figure**, pour la *coupole de l'église Saint-François* de Lyon, au crayon noir, signée et datée 1839.

270. **Portrait** d'un P. dominicain d'Arcueil, aux trois crayons, signé.

271. **Portrait** d'un P. dominicain d'Arcueil, aux trois crayons, signé.

272. **Figure de femme**, aux deux crayons, signée et datée 1879.

273. **Figure d'enfant**, au crayon noir, signée et datée 1836.

274. **Figure d'enfant**, au crayon noir.

275. **Dessin**, au crayon, d'après l'*Ascension* du Pérugin au musée de Lyon, signé.

276. **Dessin**, au crayon noir, de *Succure cadenti*.

277. **Le baiser de Judas**, dessin à la mine de plomb, signé.

278. **Vue de Saint-Georges**, à Lyon, à la mine de plomb, signée.

279. **Ravin du Sini**, carré de Mustapha, aux deux crayons, signé et daté 1871.

280. **La propriété d'Horace Vernet**, à Hyères, dessin au lavis d'encre de chine, signé et daté 1862, sous verre cadre, doré. H. 0 m. 30, L. 0 m. 44.

LA FIN DES TEMPS.

LE PURGATOIRE.

CARTONS ET ESQUISSES DE DESSINS
COLLÉS SUR TOILE ET MONTÉS
SUR CHASSIS.

281. **La fin des temps**, carton, au crayon noir, pour un projet de tableau, cadre noir et or, signé et daté 1888, *pièce magnifique*. II. 1 m. 80, L. 3 m. 15.

282. **Saint Luc**, carton au fusain et crayon blanc. H. 1 m. 45, L. 1 m. 13.

283. **Plafond de l'Hôtel de Ville de Lyon**, carton au crayon noir. H. 0 m. 70, L. 1 m. 62.

284. **Ophélie**, dessin au crayon noir, signé et daté 1850. H. 1 m. 19, L. 0 m. 90.

285. **Saint François-Xavier**, aux deux crayons, signé et daté 1844. H. 0 m. 90, L. 0 m. 50.

286. **Le toit paternel**, carton, au crayon noir, du *Poème de l'Ame*. H. 1 m. 10, L. 1 m. 40.

287. **Le Purgatoire**, projet de décoration pour une *chapelle du Purgatoire* à Toulon, *superbe composition* signée et datée 1885, collé sur toile, cadre doré. II 1. m. 80, L. 2 m.

288. **Le passage des âmes**, esquisse de dessin à la mine de plomb, signée et datée. H. 1 m. 48, L. 1 m. 15.

289. **Projet pour la bannière d'Ainay**, carton au crayon noir. II. 1 m. 05, L. 0 m. 67.

290. **Une fille d'Eve**, le premier miroir, étude au crayon noir, collée sur toile et montée sur châssis, signée et datée 1866. H. 1 m. 03, L. 0 m. 66.

291. **Portrait du P. Lacordaire**, au crayon noir, monté sur chassis. H. 0 m. 88, L. 0 m. 60.

292. La Vierge tenant l'Enfant Jésus, aux deux crayons. H. 0 m. 78, L. 0 m. 55.

293. Le vol de l'âme, carton aux deux crayons du *Poème de l'Ame*. H. 1 m. 10, L. 1 m. 40.

294. Le mariage de saint François d'Assises avec la Pauvreté, carton au crayon noir, *superbe pièce*, H. 1 m. 77, L. 1 m. 44.

295. La Vierge de Santeny, carton aux deux crayons. H. 1 m. 50, L. 1 m.

296. Figure de femme assise cueillant une fleur, au fusain et au crayon noir. H. 1 m., L. 0 m. 70.

297. Les saintes Femmes au tombeau, composition au crayon noir pour le tableau de *la chapelle du Mourillon* à Toulon, signé et daté 1860. H. 0 m. 90, L. 0 m. 75.

298. Sainte Philomène, bannière d'Hyères, à la mine de plomb, signé et daté 1843. H. 0 m. 90, L. 0 m. 70.

299. Bannière d'Hyères, esquisse de composition à la mine de plomb, signée et datée 1843. H. 0 m. 90, L. 0 m. 70.

300. Un soir, carton au crayon noir, *Poème de l'Ame*. H. 1 m. 10, L. 1 m. 40.

301. Carton du tableau de la chapelle des PP. Franciscains, de la rue des Fourneaux à Paris, *superbe pièce*. H. 1 m. 45, L. 2 m. 25.

302. Sainte Cécile, carton au crayon noir, signé et daté 1869. H. 1 m. 36, L. 1 m. 09.

303. La Vierge et l'Enfant Jésus, carton au crayon noir, signé et daté 1856. H. 1 m. 25, L. 1 m. 06.

304. Juliette, portrait de femme aux deux crayons, signé et daté 1867. H. 0 m. 92, L. 0 m. 67.

305. L'Intercession maternelle, esquisse d'un projet de composition, au crayon noir, *Poème de l'Ame*, signé et daté. H. 0 m. 82, L. 1 m. 48.

306. Le jugement particulier après la mort, dessin au crayon noir. H. 0 m. 55, L. 0 m. 82.

307. Le grain de blé, carton, à la mine de plomb, du *Poème de l'Ame*. H. 1 m. 10, L. 1 m. 40.

308. Le martyre de sainte Christine, carton au crayon noir. H. 1 m. 80, L. 2 m. 20.

309. L'Assomption, esquisse de dessin, au crayon noir, pour le tableau de l'*église de la Mulatiére* H. 1 m. 25, L. 1 m.

310. La Sainte Vierge tenant l'Enfant Jésus, au crayon noir. H. 1 m. 22, L. 0 m. 61.

311. Le supplice, fusain, signé et daté 1855. H. 0 m. 90, L. 0 m. 70.

312. Virginitas, du *Poème de l'Ame*, dessin à la mine de plomb. H. 0 m. 77, L. 0 m. 47.

313. Un soir, carton au crayon noir, variante du *Poème de l'Ame*. H. 1 m. 10, L. 1 m. 40.

314. Réalité, carton pour le *Poème de l'Ame*, H. 1 m. 10, L. 1 m. 40.

315. Hérodiade, esquisse au crayon noir pour le tableau. H. 1 m. 45, L. 2 m. 10.

316. Le Printemps, aux deux crayons, signé et daté 1864. H. 0 m. 92, L. 0 m. 68.

317. L'Automne, dessin au crayon noir, signé et daté 1862. H. 1 m. 16, L. 0 m. 90.

318. Le supplice de Mézence, dessin aux deux crayons. H. 0 m. 70, L. 0 m. 75.

319. Sans Dieu, carton, au crayon noir, variante du *Poème de l'Ame*. H. 1 m. 10, L. 1 m. 40.

320. Le Cauchemar, carton, à la mine de plomb, du *Poème de l'Ame*. H. 1 m. 10, L. 1 m. 40.

321. Vierge et Enfant Jésus, carton au fusain, cadre noir. H. 1 m. 60, L. 1 m.

322. **Saint Jean,** carton au crayon noir. H. 1 m. 25, L. 1 m. 10.

323. **Virginitas,** carton à la mine de plomb du *Poème de l'Ame.* H. 1 m. 10, L. 1 m. 40.

324. **La première communion,** carton à la mine de plomb, pour le *Poème de l'Ame.* H. 1 m. 10, L. 1 m. 40.

325. **Sujets de Vierge,** 2 pièces.

TROISIÈME PARTIE.

———

AQUARELLES, PASTELS, ÉTUDES PEINTES, DESSINS, ENCARTÉS ET EN FEUILLES.

327. Dessins d'académie, aux deux crayons, études d'hommes, 16 pièces.

327. Dessins d'académie et d'après la bosse, au crayon noir, 14 pièces.

328. Dessins d'académie, au crayon noir et aux deux crayons, études d'hommes, 13 pièces signées et datées.

329. Dessins d'académie, études d'hommes, aux deux crayons, 10 pièces.

330. Dessins d'académie, aux deux crayons, 8 pièces.

331. Dessins anciens du XVIII⁰ siècle, études d'académie, à la sanguine et aux deux crayons, 10 pièces.

332. Dessins d'académie, hommes et femmes, sur toile et sur papier, 7 pièces.

333. Dessins d'académie, au crayon noir et aux deux crayons, études de femmes, 6 pièces.

334. Dessins de squelette et d'écorchés, au crayon noir, 24 pièces.

AQUARELLES, EN FEUILLES

335. Grands paysages, 6 pièces.

336. Grands paysages, 6 pièces.

337. Paysages, 8 pièces.

338. Marines et soleils couchants, 8 pièces.

339. Paysages, effets divers, 12 pièces.

340. Ciels et paysages, 8 pièces.

341. Paysages, 6 pièces.

342. Marines et soleils couchants, 8 pièces.

343. Paysages, 12 pièces.

344. Paysages et marines, sur toile et sur carton, 6 pièces.

ETUDES PEINTES, EN FEUILLES

345. **Académies,** sur toile et sur papier, 9 pièces.

346. **Giorgion** (d'après), la Vierge au linge,
Ecole italienne, la Vierge au lapin blanc, sur papier, 2 pièces.

347. **Le Relèvement de la France,** sujets religieux, portraits, 6 pièces.

348. **Paysages et marines,** 12 pièces.

349. **Paysages,** sur toile et sur papier, 10 pièces.

350. **Paysages,** sur toile et sur bois, 4 pièces.

351. **Figures,** sur toile, 8 pièces.

352. **Paysages et marines,** sur toile et sur papier, 10 pièces.

353. **Paysages,** sur toile et sur papier, 13 pièces.

354. **Sujets religieux,** sur toile et sur papier, 18 pièces.

355. **Figures**, sur toile et sur papier, 11 pièces.

356. **Paysages**, sur toile, 10 pièces.

357. **Paysages et marines**, sur toile, 10 pièces.

358. **Etudes** diverses, sur toile, 9 pièces.

359. **Figures** diverses, sur toile et sur papier, 25 pièces.

360. **Paysages**, sur toile et sur papier, 12 pièces.

361. **Paysages et marines**, sur toile et sur papier, 10 pièces.

362. **Etudes** diverses, sur toile et sur papier, 10 pièces.

363. **Figures** de femmes, sur toile et sur papier, 9 pièces.

364. **Etudes** de paysages et de ciel, sur papier, 18 pièces.

365. **Paysages**, sur toile et sur papier, 12 pièces.

366. **Paysages et marines**, sur toile, 10 pièces.

367. **Etudes** diverses, sur toile et sur papier, 19 pièces.

368. **Figures**, sur toile et sur papier, 5 pièces.

369. **Paysages**, sur toile et sur papier, 10 pièces.

370. **Paysages et marines**, sur toile et sur papier, 11 pièces.

371. **Paysages**, sur toile et sur papier, 12 pièces.

372. **Fleurs et paysages**, sur toile, 17 pièces.

ESQUISSES DE COMPOSITION.

373. **Portrait** du général Gemeau qui est au musée des peintres Lyonnais, aux deux crayons, signé et collé sur carton.

374. Saint Jean, esquisse de composition, au crayon noir, pour un tableau.

375. Esquisses, au crayon noir et à la mine de plomb, compositions, 10 pièces signées et datées.

376. Esquisses de compositions, au crayon noir, 6 pièces signées et datées.

377. Esquisses de compositions, au crayon noir, 8 pièces signées et datées.

378. Esquisses de compositions pour le *Jugement particulier,* au crayon noir, 5 pièces signées et datées.

379. Croquis de compositions, au crayon noir et à la mine de plomb, 14 pièces en partie signées.

DESSINS DE PAYSAGES.

380. Vues de Lyon, au crayon noir, aux deux crayons et à l'aquarelle : les Carmes Déchaux, la Croix-Rousse, le mont Cindre, le mont Verdun, le mont Thou, Saint-Georges et le pont d'Ainay, 6 pièces.

381. Paysages, aux deux crayons, 9 pièces signées et datées.

382. Paysages, aux deux crayons et au lavis, signés et datés, 5 pièces.

383. Paysages, aux deux crayons, signés et datés, 7 pièces.

384. Paysages, aux deux crayons, signés et datés, 4 pièces très belles.

385. Paysages, au lavis, à la sépia et aux deux crayons, signés et datés, 3 pièces très belles.

386. Paysages alpestres, glaciers, la mer de glace etc, 6 pièces signées et datées.

387. **Paysages**, au crayon noir et aux deux crayons, 10 pièces signées et datées.

388. **Paysages** de la Provence, 13 pièces, croquis au crayon noir et aux deux crayons, signées et datées.

389. **Paysages,** croquis à la mine de plomb, 14 pièces signées et datées.

390. **Paysages,** au crayon et au lavis, 10 pièces signées et datées.

391. **Paysages,** aux deux crayons, 8 pièces signées et datées.

392. **Paysages,** aux deux crayons, 7 pièces très belles.

393. **Paysages,** au crayon et à la sépia, 6 pièces.

394. **Paysages,** aux deux crayons, 12 pièces signées et datées.

395. **Paysages,** croquis à la mine de plomb, 22 pièces.

396. **Paysages** d'Algérie, croquis au crayon noir et aux deux crayons, 10 pièces signées et datées.

397. **Paysages,** aux deux crayons, signés et datés 10 pièces.

398. **Paysages,** aux deux crayons, 6 pièces très belles signées et datées.

399. **Paysages,** aux deux crayons, signés et datés, 8 pièces.

400. **Paysages,** croquis à la mine de plomb et au crayon noir, 28 pièces en partie signées.

401. **Paysages,** croquis à la mine de plomb signés et datés, 25 pièces.

402. **Croquis,** aux deux crayons et à la mine de plomb. Paysages de l'Ardèche, 7 pièces. Vue de

Naples, 3 pièces. Ensemble, 10 pièces signées et datées.

403. Paysages, aux deux crayons, 17 pièces signées.

404. Paysages, aux deux crayons, 7 pièces très belles signées et datées.

405. Paysages de la Provence, aux deux crayons, 6 grandes pièces signées et datées.

406. Paysages, croquis à la mine de plomb, 40 pièces en partie signées.

407. Paysages, croquis à la mine de plomb, 68 pièces.

408. Paysages, croquis à la mine de plomb, 44 pièces.

409. Paysages de la Provence, croquis au crayon noir et aux deux crayons, 10 pièces signées et datées.

410. Paysages de la Provence, aux deux crayons, 8 pièces signées et datées.

411. Paysages, aux deux crayons, signés et datés, 3 pièces très belles.

412. Paysages, croquis à la mine de plomb, 40 pièces en partie signées.

413. Paysages, croquis aux deux crayons et à la mine de plomb, 40 pièces.

414. Paysages d'**Algérie**, croquis aux deux crayons, 13 pièces signées et datées.

415. Paysage, esquisses au fusain et aux deux crayons, 11 pièces signées et datées.

416. Paysages et **marines**, au deux crayons, 8 grandes pièces signées et datées.

417. Paysages, aux deux crayons et à la mine de plomb, 5 pièces signées et datées.

418. **Paysages,** croquis à la   mine plomb et aux deux crayons, 50 pièces signées et datées.

419. **Paysages,** croquis à la mine de plomb, 25 pièces signées et datées.

420. **Paysages,** croquis à la mine de plomb, 12 pièces signées.

421. **Paysages,** aux deux crayons et à la mine de plomb, 10 pièces signées.

422. **Paysages** aux deux crayons et à la mine de plomb, 5 pièces signées et datées.

423. **Paysages,** croquis à la mine de plomb et aux deux crayons, en partie signés, 12 pièces.

ETUDES DE CROQUIS.

424. **Figures drapées,** au crayon noir et à la mine de plomb, 8 pièces.

425. **Croquis** de mouvements et de figures drapées, à la mine de plomb et au crayon noir, 10 pièces signées.

426. **Etudes** de mains et de pieds, au crayon noir, 11 pièces.

427. **Croquis** de mouvements, au crayon noir et à la mine de plomb. Études de mains, 26 pièces signées.

428. **Croquis,** à la mine de plomb et au crayon noir. Têtes d'enfants, 11 pièces signées et datées.

429. Figures drapées, aux deux crayons et au crayon noir, 7 pièces.

430. **Dessins** divers, aux deux crayons et au crayon noir, 10 pièces signées et datées.

431. **Figures drapées,** croquis aux crayons noir,

de couleur et mine de plomb, 11 pièces signées
et datées.

432. **Croquis** divers, au crayon noir, 30 pièces
signées.

433. **Croquis** de mouvements, à la mine de plomb,
pieds, mains et bras, 15 pièces signées.

434. **Croquis** divers, à la mine de plomb, 30 pièces.

435. **Croquis** de mouvement, au crayon et à la
mine de plomb, études de mains, 23 pièces
signées.

436. **Croquis de compositions**, à la mine de plomb
et à la plume, 16 pièces signées.

437. **Croquis** de mouvements et de figures drapées,
au crayon noir, signés et datés, 12 pièces.

438. **Croquis** de femmes, au crayon noir et à la
mine de plomb, 10 pièces signées.

439. **Dessins** divers, à la mine de plomb, 38 pièces
signées.

440. **Croquis** divers, à la mine de plomb, 30 pièces.

441. **Croquis** d'expression et de mouvement, à la
mine de plomb, 30 pièces.

442. **Croquis** divers de figures, de draperies et de
mouvements, 16 pièces signées et datées.

443. **Croquis** de mouvements, d'expressions et de
figures drapées, à la mine de plomb, 24 pièces
signées et datées.

444. **Croquis**, au crayon et à la mine de plomb,
pour le *Poème de l'Ame*, 25 pièces signées et datées.

445. **Croquis** de mouvements, etc., 20 pièces signées
et datées.

446. **Croquis** de mouvement, au crayon noir et à

la mine de plomb. Etudes de pieds et de jambes,
24 pièces signées.

447. Croquis de mouvement, au crayon noir et à
la mine de plomb. Etudes de bras et de draperies,
34 pièces signées.

448. Croquis divers, à la mine de plomb, 40 pièces.

449. Figures drapées, croquis à la mine de plomb
et au crayon noir, 25 pièces signées et datées.

450. Croquis d'expression, de mouvement et de
figures drapées, à la mine de plomb et aux deux
crayons, 24 pièces signées et datées.

451. Croquis d'expression et de mouvement, 25
pièces signées et datées.

452. Croquis d'expression et de mouvement, figures
drapées, à la mine de plomb et au crayon noir,
25 pièces signées et datées.

453. Croquis de draperies, au crayon noir et à la
mine de plomb, 22 pièces signées et datées.

454. Croquis de mouvements, au crayon noir et à
la mine de plomb, études de pieds et de mains,
20 pièces signées.

455. Croquis divers, à la mine de plomb et au crayon
noir, 85 pièces.

456. Croquis de mouvement, 45 pièces, à la mine
de plomb et au crayon noir.

457. Croquis divers, à la mine de plomb, figures
drapées, 25 pièces, signées et datées.

458. Croquis et dessins, à la mine de plomb et au
crayon noir, 25 pièces signées et datées.

459. Croquis de mouvement, au crayon et à la mine
de plomb, études de mains, 56 pièces signées.

460. Croquis, à la mine de plomb d'après les maîtres italiens, 15 pièces signées.

461. **Dessins** et croquis, à la mine de plomb et au crayon noir, 111 pièces signées.

462. **Dessins** et croquis, à la mine de plomb et au crayon noir, 60 pièces signées.

463. **Croquis** de figures au crayon noir, 10 pièces signées et datées.

464. **Croquis** et dessins, au crayon noir et à la mine de plomb, études de mouvement et compositions, 9 pièces signées et datées.

465. **Croquis** d'expression et de mouvements, figures drapées, à la mine de plomb et au crayon noir, 25 pièces signées et datées.

466. **Croquis** de mouvements, ailes d'anges, d'archanges et du Saint Esprit, 12 pièces au crayon noir.

467. **Croquis** de compositions, et griffonnements à la plume et à la mine de plomb pour le *Poème de l'Ame*, 25 pièces signées et datées.

468. **Griffonnements**, à la plume, compositions et figures drapées, signés et datés, 16 pièces.

469. **Dessins** divers, sur papier à calquer, signés et datés, 13 pièces.

470. **Croquis** d'animaux, à la mine de plomb, 57 pièces signées.

471. **Croquis** d'architecture religieuse, à la mine de plomb, 16 pièces.

472. **Dessins** et croquis, à la plume et au crayon, 109 pièces.

FIGURES DRAPÉES, ÉTUDES DE TÊTES, ÉTUDES DE NU.

473. **Portrait du R. P. Charmettan** des Missions

d'Asie, dessin aux deux crayons signé et daté 1878.

474. Figures drapées, expression et mouvement, à la mine de plomb et au crayon noir, 24 pièces signées et datées.

475. **Portraits** d'hommes et de femmes, au crayon noir, 7 pièces.

476. **Etudes** de figures et d'expression, au crayon noir et aux deux crayons, 10 pièces signées et datées.

477. **Dessins**, au crayon noir et à la mine de plomb pour le *Poème de l'Ame*, 10 pièces signées et datées.

478. **Etudes** de têtes pour le Christ, aux deux crayons et au crayon noir, 6 pièces signées et datées.

479. **Etudes** de nu, femmes, au crayon noir et à la mine de plomb, 14 pièces signées.

480. **Figures** de femmes, et d'expressions, au crayon noir et à la mine de plomb, 8 pièces signées et datées.

481. **Anges** planant dans les airs, aux deux crayons sur papier de couleur, 3 pièces signées et datées, très belles.

482. **Etudes de vierges**, figures drapées, à la mine de plomb, 5 pièces signées et datées.

483. **Figures**, pour saint Pierre et pour sainte Madeleine, 2 pièces signées et datées.

484. **Anges gardiens** du tryptique de *la cathédrale de Saint-Jean*, aux crayons de couleur, 2 pièces collées sur carton.

485. **Figures** d'expressions et divers, 15 pièces à la mine de plomb.

486. **Figures** et portraits divers, 9 pièces signées et datées.

487. **Portraits** de femmes, à la mine de plomb sur papier de soie, 9 pièces signées et datées.

488. **Etudes** de figures drapées, d'expressions et de mouvements, au crayon noir, 9 pièces signées et datées.

489. **Dessins** divers, études de mouvements et de draperies, figures drapées, 25 pièces signées et datées.

490. **Compositions**, au crayon noir, le Christ en croix, etc., 6 pièces signées.

491. **Etudes** de nu, femmes, au crayon noir et à la mine de plomb, 12 pièces signées et datées.

492. **Figures** de femmes et d'expressions, au crayon noir et aux deux crayons, 18 pièces signées et datées.

493. **Anges** planant dans les airs, 2 pièces, aux deux crayons, signées et datées.

494. **Saint Jean**, saint Pierre, figure d'enfant, au crayon noir, 3 pièces.

495. **Adam et Eve**, etc., 4 pièces, au crayon noir, signées et datées.

496. **Figures** d'expressions, au crayon noir et à la mine de plomb, 5 pièces signées et datées.

497. **Etudes** d'expressions et de mouvements, à la mine de plomb et au crayon noir, 24 pièces signées et datées.

498. **Dessins** divers, au crayon noir et à la mine de plomb, 25 pièces signées et datées.

499. **Figures** d'hommes et de femmes, 11 pièces, au crayon noir et à la mine de plomb, signées et datées.

500. **Figures** drapées, d'expressions et de mouvements, au crayon noir, 10 pièces signées et datées.

501. **Dessins** et croquis, au crayon noir et à la mine de plomb, de figures drapées et de mouvements, 5 pièces signées.

502. **Esquisses** et portraits divers, aux deux crayons et à la mine de plomb, 10 pièces signées et datées.

503. **Etudes** de nu, aux deux crayons et au crayon noir, hommes, 11 pièces signées et datées.

504. **Figures** de femmes et d'expression, au crayon noir et à la mine de plomb, 9 pièces signées et datées.

505. **Etudes** de saintes et de vierges pour bannières, 6 pièces, aux deux crayons, signées et datées.

506. **Figures** d'expressions, à la mine de plomb, 6 pièces signées.

507. **Figures** drapées, au crayon noir et à lamine de plomb, 16 pièces signées et datées.

508. **Figures** de femmes et d'expression, au crayon noir et à la mine de plomb, 9 pièces signées et datées.

509. **Etudes** d'expressions et de mouvements, au crayon noir et à la mine de plomb, 25 pièces signées et datées.

510. **Dessins** de fleurs, à la mine de plomb et au crayon noir, 32 pièces signées.

511. **Figures** de femmes et d'expressions, au crayon noir, 10 pièces signées et datées.

512. **Figures** drapées, d'expressions et de mouvements, 10 pièces, au crayon noir, signées et datées.

513. **Figures** d'hommes, 12 pièces, au crayon noir et à la mine de plomb, signées et datées.

514. **Dessins** divers, au crayon noir et à la mine

de plomb, 25 pièces signés et datés.

515. **Etudes** de nu, à la mine de plomb et au crayon noir, hommes, 6 pièces signées et datées.

516. **Figures** de femmes, au crayon noir et à la mine de plomb, 8 pièces signées et datées.

517. **Figures** d'hommes, 8 pièces, au crayon noir et aux deux crayons, signées et datées.

518. **Dessins** à la mine de plomb, vierges et figures drapées, 12 pièces signées et datées.

519. **Figures** d'expression, femme endormie, tête de femme, enfant endormi, 3 pièces au crayon noir.

520. **Figures** de femmes et d'expressions, aux deux crayons, 6 pièces signées et datées.

521. **Etudes** d'expressions et de figures de femmes, au crayon noir et la mine de plomb, 8 pièces signées et datées.

522. **Etudes** d'expression et croquis de mouvements, au crayon noir et à la mine de plomb, 28 pièces signées et datées.

523. Figures de femmes, au crayon noir et à la mine de plomb, 10 pièces signées et datées.

524. **Etudes** de nu, femmes, à la mine de plomb et à l'estompe, 12 pièces signées.

525. **Etudes** de figures drapées, d'expressions et de mouvements, au crayon noir, 10 pièces signées et datées.

526. **Figures** d'hommes au crayon noir et à la mine de plomb, 12 pièces signées.

527. **La Justice, La Foi,** au crayon noir, 2 pièces signées et datées.

528. **Etudes** de nu, à la mine de plomb et au crayon noir, femmes, 6 pièces signées et datées.

529. **Etudes** d'expressions et de figures de femmes, à la mine de plomb, 25 pièces signées et datées.

530. **Figures** drapées, d'expressions et de mouvements, au crayon noir et à la mine de plomb, 25 pièces signées et datées.

531. **Dessins**, au crayon noir et à la mine de plomb sujets de vierges et autres, 15 pièces signés et datés.

532. **Figures** de femmes au crayon noir et à la mine de plomb, 7 pièces, signées et datées.

533. **Figures** de femmes, drapées, au crayon noir, 15 pièces signées et datées.

534. **Dessins** divers, études d'expressions, de draperies et de mouvements, 25 pièces signées et datées.

535. **Etudes** d'enfants, au crayon noir et à la mine de plomb, 10 pièces signées et datées.

536. Etudes de draperies, de mouvements et d'expressions, 25 pièces signées et datées.

537. **Dessins**, au crayon noir et à la mine de plomb, pour le *Poème de l'Ame*, 10 pièces signées et datées.

538. **Etudes** de portraits, au crayon noir, 6 pièces.

539. **Figures** de femmes et d'expressions, aux deux crayons et au crayon noir, 8 pièces signées et datées.

540. **Figures** de femmes et d'expression, au crayon noir et aux deux crayons, signées et datées.

541. **Figures** de femmes et d'expressions au crayon noir, 25 pièces signées et datées.

542. **Etudes** d'expressions et de mouvement, à la mine de plomb, 11 pièces signées et datées.

543. **Figures** d'expression, au crayon noir et aux deux crayons, 5 pièces signées et datées.

544. **Dessins**, à la mine de plomb et au crayon noir, études de femmes, figures drapées, 8 pièces.

545. **Figures** drapées et d'expression, croquis de mouvements, au crayon noir et à la mine de plomb, 25 pièces signées et datées.

546. **Dessin** de figures, sur papier à calquer, 13 pièces signées et datées.

547. **Figures** drapées, d'expressions et de mouvements, au crayon noir et à la mine de plomb, 25 pièces signées et datées.

548. **Figures** drapées et d'expressions, au crayon noir et aux deux crayons, 8 pièces signées et datées.

549. **Décalques** d'anciens maîtres: Giotto, 6 têtes du *Cruciflement*; Gentile Fabriano, la Sainte Vierge, ensemble 7 pièces.

550. **Dessins**, au crayon noir et à la mine de plomb, pour le *Poème de l'Ame*, 10 pièces signées et datées.

551. **Etudes** d'expressions et de figures de femmes, à la mine de plomb et au crayon noir, 25 pièces signées et datées.

552. **Figures** d'hommes, 5 pièces, au crayon noir et à la mine de plomb, signées et datées.

553. **Figures d'homme**, aux deux crayons, 5 pièces signées et datées.

554. **Figures** de femmes et d'expressions, à la mine de plomb, 5 pièces très belles.

555 **Figures** de femmes, au crayon noir, 5 pièces signées et datées.

ÉTUDES DE DESSINS POUR FRESQUES
ET TABLEAUX.

556. Esquisse de composition pour le tableau de la chapelle Saint-Etienne, au crayon noir, signée et datée 1866.

557. Etudes de pieds et de mains pour la chapelle Saint-Etienne, 20 pièces, au crayon noir et aux deux crayons, signées et datées 1866.

558. Croquis d'expression et de mouvement, figures drapées pour la chapelle Saint-Etienne, 16 pièces signées et datées 1866.

559. Etudes de nu, de mouvement et d'expression pour la chapelle Saint-Etienne, 10 pièces, au crayon noir et aux deux crayons, signées et datées 1866.

560. Etudes de figures drapées et de mouvements pour la chapelle Saint-Etienne, 8 pièces, au crayon noir, signées et datées 1866.

561. Etudes de têtes d'expression pour la chapelle Saint-Etienne, 7 pièces, au crayon noir et aux deux crayons, signées et datées 1866.

562. Etudes de têtes d'expressions pour la chapelle Saint-Etienne, 7 pièces, au crayon noir et aux deux crayons, signées et datées 1866.

563. Etudes de mains pour la fresque de l'église de Saint-Polycarpe à Lyon, 14 pièces, au crayon noir et à la mine de plomb, signées et datées.

564. Etudes de figures drapées pour la fresque de l'église de Saint-Polycarpe à Lyon, 25 pièces, au crayon noir, signées et datées.

565. Etudes de figures drapées pour la fresque de

l'église de Saint-Polycarpe à Lyon, signées et datées 1855, 9 pièces au crayon noir.

566. Etudes de têtes et d'expressions pour la fresque de l'église de Saint-Polycarpe à Lyon, à la mine de plomb, 6 pièces signées et datées 1855-1856-1857.

567. Esquisse de composition, au crayon noir, du tableau le *Relèvement de la France*, commandé à l'artiste pour être offert au comte de Chambord, signée et datée 1871.

568. Etudes de figures nues et drapées, croquis divers pour le tableau le *Relèvement de la France*, 12 pièces, au crayon noir et à la mine de plomb, signées et datées 1871.

569. Etudes de figures drapées et d'expression pour la *Vierge* de Santeny, 7 pièces, au crayon noir, signées et datées.

570. Etudes et croquis de mouvement, de draperies et de têtes d'expression pour la *Vierge* de Santeny, 12 pièces, à la mine de plomb et au crayon noir, signées et datées.

571. Projet de composition, à la plume et au lavis, pour le tableau de l'*Institution du Rosaire*, et diverses études pour ce tableau, 17 pièces, au crayon noir et à la mine de plomb, signées et datées.

572. Etudes de têtes d'expression et de figures drapées pour le tableau de l'*Institution du Rosaire*, à la mine de plomb et au crayon noir, 20 pièces signées et datées.

573. Etudes de figures drapées et de mouvements pour le tableau le *Rêve du Dante*, 10 pièces, aux crayons noir et de couleur, signées et datées.

574. Etude de têtes et de figures drapées, pour le

tableau le *Rêve du Dante*, 6 pièces, au crayon noir
et de couleur, signées et datées.

575. Esquisse de composition, à la mine de plomb,
pour la fresque de Bagneux. Etudes de têtes
d'expressions et de croquis, au crayon noir. Ensemble 10 pièces.

576. Etudes de dessins pour le tableau la *Résurrection du fils de la veuve de Naïm*, esquisse de
composition aux trois crayons, 7 pièces signées.

577. Etudes diverses pour le tryptique de la reine
de Naples, de la *Vierge à l'épi* etc., 9 pièces, au
crayon noir et à la mine de plomb, signées et
datées.

578. Etudes de dessins, au crayon noir et à la mine
de plomb, pour le tableau d'*Ophélie*, 6 pièces, signées et datées 1859. Etudes de dessins, au crayon
noir pour le tableau de *Fleur des Champs*, 2 pièces signées et datées. Ensemble 8 pièces.

579. Etudes de dessins, au crayon noir et aux
deux crayons pour le *Christ au jardin des Oliviers*,
14 pièces signées et datées.

580. Etudes et croquis d'expression, de mouvement, de têtes et de figures drapées pour le tableau le *Martyre de sainte Christine*, 13 pièces, au
crayon noir et à la mine de plomb, signées et
datées 1882 et 1883.

581. Etudes et croquis d'expression, de mouvement
et de figures drapées pour le tableau de *Sainte
Cécile*, 14 pièces, au crayon noir et à la mine de
plomb, signées et datées.

582. Etudes de mains et de pieds pour la fresque
des Franciscains, 12 pièces, au crayon noir et à
la mine de plomb, signées et datées.

583. Etudes de nu pour la fresque et la chapelle

des Franciscains, 6 pièces, au crayon noir et à la mine de plomb, signées et datées.

584. Etudes de draperies et de figures drapées pour la fresque et la chapelle des Franciscains, 10 pièces, au crayon noir et à la mine de plomb, signées et datées 1878.

585. Etudes de figures drapées et de draperies pour la chapelle et la fresque des Franciscains, 13 pièces, au crayon noir et à la mine de plomb, signées et datées 1878-1879.

586. Etudes de têtes et de figures drapées pour la chapelle et la fresque des Franciscains, 8 pièces, au crayon noir et à la mine de plomb, signées et datées 1878-1879.

587. Etudes de figures et d'expressions pour la chapelle des Franciscains, 9 pièces, au crayon noir et aux deux crayons, signées et datées 1868.

588. Etudes de figures et d'expressions pour la chapelle des Franciscains, 6 pièces, aux deux crayons, signées et datées.

589 Esquisse de composition du tableau exécuté dans la chapelle de l'église de Saint-François à Lyon ; études de dessins pour cette composition, ensemble 26 pièces, au crayon noir et à la mine de plomb, signées et datées.

590. Esquisses de compositions, au crayon noir pour le dôme de l'église de Saint-François à Lyon, 4 pièces signées et datées 1858.

591. Etudes de figures nues et drapées pour le dôme de l'église de Saint-François à Lyon, 9 pièces, au crayon noir et à la mine de plomb, signées et datées 1858.

592. Etudes de figures nues et drapées pour le dôme de l'église de Saint-François à Lyon 15 pièces, au crayon noir et à la mine de plomb, signées et datées 1858.

593. Etudes de draperies et de figures drapées pour le dôme de Saint-François à Lyon, crayon noir et mine de plomb, 15 pièces signées et datées 1858.

594. Etudes de têtes au crayon noir, et d'archanges pour la coupole de Saint-François à Lyon, 4 pièces signées et datées 1858, études de figures drapées, au crayon noir, pour la chapelle de l'église Saint-François, signées et datées 1864, 7 pièces, ensemble 11 pièces.

595. Etudes de têtes pour le dôme de l'église de Saint-François à Lyon, 3 pièces, au crayon noir, signées et datées 1858, très belles.

596. Etudes de grandes figures drapées, pour le dôme de l'église de Saint-François, à Lyon 9 pièces, au crayon noir, signées et datées 1858.

597. Etudes de têtes et esquisses de composition pour la fresque de l'Antiquaille, 9 pièces au crayon noir et à la mine de plomb, signées et datées 1843-1844.

598. Etudes de draperies, de mouvement et d'expression pour la fresque de l'Antiquaille à Lyon, 17 pièces, au crayon noir, signées et datées 1843.

599. Etudes de figures drapées et d'expression pour la fresque de l'Antiquaille à Lyon, 14 pièces, au crayon noir, signées et datées 1843.

600. Etudes de têtes de draperies et d'expression pour le tableau de l'*Assomption* de la Mulatière, 24 pièces signées et datées 1843, au crayon noir et à la mine de plomb.

601. Etudes et croquis pour le tryptique de l'église de Saint-Jean à Lyon, 15 pièces, au crayon noir et à la mine de plomb, signées et datées.

602. Etudes de croquis, à la mine de plomb, pour la bannière de Saint-Martin d'Ainay à Lyon, 17 pièces signées et datées 1849.

603. Esquisses de composition pour le plafond de la salle des fêtes de l'Hôtel de ville de Lyon, 2 pièces, au crayon noir et à la mine de plomb, signées et datées 1859.

604. Etudes de nu pour le plafond de la salle des .fêtes de l'Hôtel de ville de Lyon, 9 pièces, à la mine de plomb et au crayon noir, signées et datées 1859.

605. Etudes de figures et de draperies pour le plafond de la salle des fêtes de l'Hôtel de ville de Lyon, 16 pièces à la mine de plomb et au crayon noir, signées et datées 1858.

606. Etudes de figures drapées pour le plafond de la salle des fêtes de l'Hôtel de ville de Lyon, 15 pièces, au crayon noir, signées et datées 1858.

607. Etudes de figures drapées pour le plafond de la salle des fêtes de l'Hôtel de ville de Lyon, 12 pièces, au crayon noir, signées et datées 1859.

GRAVURES ANCIENNES ET MODERNES

607 bis. **De Boissieu,** Paysage d'après Claude Lorrain, première épreuve, petite marge. Les petites laveuses, première épreuve avec les marques de l'étau, à toutes marges. Ensemble 2 pièces.

608. **De Boissieu,** L'ânesse et l'ânon, première épreuve avec les marques de l'étau, marge, Rap. 108.

608 bis. **De Boissieu,** Portrait de femme dite la boudeuse, petite marge, première épreuve signée au dos 1785.

609. De **Boissieu**, La tour de Metellus, 4e état, Rap. 106, première épreuve, marge.

609 bis. De **Boissieu**, Vue d'Aquapendente, épreuve tirée sur chine volant, de la planche terminée, Rap. 70.

610. De **Boissieu**, Vue prise à Ambronay, superbe épreuve, grandes marges, rare.

610 bis. De **Boissieu**, Le moulin à eau d'après Ruysdaël, très belle épreuve ancienne du seul état connu, petite marge, Rap. 84.

611. De **Boissieu**, La tour de Cecilia Metella, ancienne épreuve, marge.

611 bis. De **Boissieu**, L'ermitage, 5e état, première épreuve de la planche terminée, Rap. 90.

612. De **Boissieu**, Les joueurs de boules ou la porte de Vaize, très belle épreuve sur chine du 3e état, Rap. 115.

613. De **Boissieu**, Saint Jérôme, belle épreuve.

614. **André del Sarte**, son portrait gravé par Sainte-Eve, épreuve sur Chine.

615. **Grobon** (Michel), son portrait à l'âge de 12 ans (1795), à l'eau forte par lui-même, à toutes marges.

616. **Ingres,** lithog. par Desmaisons, 1866, in-8, ovale, sur papier de Chine.

617. **Orsel** (Victor), son portrait lithographié par Brossette, envoi signé, épreuve sur Chine.

618. **Pie IX**, son portrait gravé par Gaillard.

619. **Lacordaire** (le Révérend Père), de l'ordre de saint Dominique, son portrait d'après Hippolyte Flandrin, gravé par Dieu.

620. **Robert** (Léopold), d'après Trimolet de Lyon,

1835, lithog. par Ch. Vogt, pet. in-f°, épreuve sur chine.

621. Lithographies. Etudes par Julien etc., 35 pièces.

622. Lithographies — Charlet 4 pièces; Diverses 4 pièces; ensemble 8 pièces.

623. Lithographies d'après Raphaël, fresques du Vatican, 2 pièces; d'après le Pérugin, 2 pièces; ensemble 4 pièces.

624. Gravures anciennes de l'école italienne, 17 pièces.

625. Gravures anciennes, 38 pièces.

626. Gravures anciennes, écoles italiennes et allemandes, 14 pièces.

627. Gravures anciennes, école italienne, têtes d'expressions, d'après les peintures de Raphaël au Vatican, 14 pièces à l'eau forte.

628. Gravures diverses: Blery, eaux fortes; Stella, etc., 17 pièces.

629. Gravures diverses, 19 pièces.

630. Gravures diverses, sujets religieux, 19 pièces.

631. Cathédrales d'Europe, 25 planches tirées du *Moyen âge pittoresque.*

632. Borel (P.), Eaux fortes, paysages, 5 pièces dont 3 sur japon, sujet religieux, ensemble 6 pièces.

633. Dorigny, d'après les cartons de Raphaël, de Hampton Court, 7 pièces.

634. Frenet (J.), peintures de l'église d'Ainay, 10 pièces, fresques de l'église d'Ainay, 3 pièces, ensemble 13 pièces, eaux fortes.

635. Georges Ghisi, d'après Raphaël, Jérémie, Joël, des loges du Vatican, très belles épreuves anciennes, 2 pièces.

636. **Portraits** anciens et modernes, Regnard par Ficquet, Ballanche, Ozanam etc., 19 pièces.

637. **Borgiani (Horati)**, Saint Christophe portant l'Enfant Jésus, eau forte, très belle épreuve.

638. **Gravure**, la Vierge à l'œillet, d'après Raphaël, gravée par A. Lehmann et J. Chevron, épreuve sur chine, avant la lettre, à toutes marges.

639. **Lyon**, Ancienne chapelle de Fourvières, gravée à l'eau forte par Tony Vibert, épreuve sur chine.

640. **Lyon**, Loge des changes, dessinée par Soufflot, les figures par Cochin fils, gravée par Bellicard, rare épreuve avant la lettre, à toutes marges.

641. **La même** avec la lettre.

642. **Photographies** diverses, 16 pièces.

643. **Photographies**, paysages et vues, 25 pièces.

644. **Photographies** diverses d'après le *Poème de l'Ame*, 12 pièces.

645. **Photographies** diverses, 21 pièces.

646. **Photographies**, vues de Naples, 7 pièces.

647. **Photographies** diverses, 16 pièces.

648. **Photographies**, d'après le *Poème de l'Ame*, 8 pièces.

649. **Photographies**, portraits de Hippolyte Flandrin, Eug. Delacroix, le P. Lacordaire, les martyrs dominicains d'Arcueil, 7 pièces.

DESSINS ANCIENS ET MODERNES.

650. **Carlo Maratti**, la Vierge au pistolet, dessin à la plume et à la sépia, importante composition, pièce superbe.

651. **Medula (André)** dit le Schiavone, la Vierge et

l'Enfant Jésus, dessin au lavis de sanguine.
H. 0 m. 16, L. 0 m. 20.

652. **Procacini**, XVIIe siècle, L'adoration de la Vierge
et de l'Enfant Jésus, plume et crayon rouge.

653. **Revoil (Pierre)**, la Vierge aux colombes, dessin original à la sépia, signé du mongramme P. R.
H. 0 m. 21, L. 0 m. 25.

654. **H. Flandrin**, Homme nu assis, dessin à la
mine de plomb, signé, sous verre, cadre doré.

655. **H. Flandrin**, Saint Pierre, dessin à la mine
de plomb, signé, sous verre, cadre doré.

656. **H. Flandrin**, Figures drapées, dessin à la mine
de plomb, signé, sous verre, cadre doré.

657. **Flandrin (Paul)**, croquis à la plume, caricatures, signés et datés, Rome 1830, 2 pièces, charge
de cavalerie, le carricolo, non signé, ensemble 3
pièces.

658. Portraits divers, au crayon noir, 7 pièces.
Etudes d'après la bosse, 2 pièces par Curial. Ensemble 9 pièces signées.

659. Portraits divers et études de figures au crayon noir par A. Currat, 21 pièces signées.

660. **Rosalbin**, Moulins en Normandie, dessin aux
deux crayons sous verre, cadre doré, signé.
H. 0 m. 44, L. 0 m. 60.

661. **Irénée Richard**, fleurs, aquarelles 2, crayon
noir 12, gravures 16, ensemble, 32 pièces.

LIVRES ET OBJETS DIVERS

662. **Janmot**, *Opinion d'un artiste sur l'Art.*

663. **Société des amis des arts de Lyon**, statuts et

comptes rendus depuis sa fondation, 23 brochures in-8.

664. L. Janmot, L'*Ame*, poème, Saint-Etienne Théolier et Cie, 1881, in-4 br., sans le portrait ni les photographies.

665. Marc Antoine Raimondi, par Benjamin Deles sert, reproduction photographique de l'œuvre complet. Paris, Goupil et Cie, Londres, P. et D. Colnaghi et Cie, 1855, 72 planches publiées à 240 fr. Il manque 11 planches à la collection.

666. Michel Ange, Le jugement dernier, accompagné d'un texte explicatif, lithographié et publié par Guillemot, Paris 1828, en livraisons.

667. L. Janmot, son portrait en photogravure, in-4°.

668. Etoffes diverses, costumes et draperies, seront vendus par lots.

669. Deux chevalets à crémaillères et deux chevalets sur pieds, seront divisés.

TABLEAUX DIVERS.

670. Ecole Florentine, XVIe siècle, Piero Soderini gonfalonier de Florence, sur bois, cadre doré. H. 0 m. 64, L. 0 m. 67.

671. Ecole italienne, XVIIe siècle, La Vierge au lapin blanc, sur toile, cadre doré. H. 0 m. 32, L. 0 m. 41.

672. Ecole italienne (copies), Têtes d'apôtres pour la dispute du Saint-Sacrement, sur toile, cadre doré.

673. Giorgion, La Vierge au linge, copie ancienne, sur toile, cadre doré. H. 0 m. 24, L. 0 m. 28.

674. Ravier, Etude de paysage, sur carton, cadre doré, signé. H. 0 m. 20, L. 0 m. 26.

675. Ravier, Etude de rochers, sur carton, cadre doré, signé. H. 0 m. 23, L. 0 m. 34.

676. Le Guaspre, Paysage de la campagne romaine, sur toile, cadre doré, peint à la détrempe. H. 0 m. 57, L. 2 m. 20.

676 bis. A. Gorge, religieuse de Saint-Vincent de Paul, aquarelle, sous verre, signée et datée 1884.

676 ter. Bonirote, Deux figures de moines, copie d'après un ancien maître de l'école vénitienne, sur toile, cadre doré.

ŒUVRES
DE VICTOR ORSEL

Cette série des œuvres de Victor Orsel a été léguée par lui à son ami Alph. Périn ; ces pièces sont d'une authenticité absolue, elles portent presque toutes le cachet de la vente.

PEINTURES.

677. Figure de femme, dans l'attitude de l'adoration, sur toile. H. 0 m. 28, L. 0 m. 20.

678. Etude de cuirasse, pour l'ange protecteur, du tableau *Le Bien et le Mal*, sur toile. H. 0 m. 39, L. 0 m. 31.

679. Etudes de figures, pour la *Reine des Vierges*, sur toile, cadre doré. H. 0 m. 27, L. 0 m. 37.

680. Etude de malade, faite à l'Hôtel-Dieu, à Paris, en 1848, sur toile, cadre doré, a été gravée dans l'œuvre. H. 0 m. 17, L. 0 m. 20.

681. Figure de vieillard, sur toile. H. 0 m. 18, L. 0 m. 21.

682. La Pêcheresse, figure de la *chapelle des litanies de la Vierge* de l'église de Notre-Dame de Lorette, sur toile. H. 0 m. 22, L. 0 m. 18.

683. Ange protecteur, du tableau *Le Bien et le*

Mal, sur carton, cadre doré. H. 0 m. 24, L. 0 m. 18.

684. **Portrait de Victor Orsel**, esquisse de dessin, sur toile. H. 0 m. 17, L. 0 m. 13.

685. **Le Christ** tenant les clous de la croix, sur toile, cadre doré. H. 0 m. 19, L. 0 m. 30.

686. **Portrait d'homme**, sur toile, cadre doré. H. 0 m. 15, L. 0 m. 19.

687. **Etude de malade**, faite à l'Hôtel-Dieu à Paris en 1848, sur toile, cadre doré, a été gravée dans l'œuvre. H. 0 m. 17, L. 0 m. 20.

688. **Etude de mains**, pour un des écoinçons de pendentifs de la *chapelle de l'église de Notre-Dame de Lorette*, sur toile. H. 0 m. 18, L. 0 m. 14.

689. **Etudes de jambes**, pour l'ange protecteur du tableau *Le Bien et le Mal*, sur toile. H. 0 m. 45, L. 0 m. 27

690. **Etude de main**, sur toile. H. 0 m. 38, L. 0 m. 25.

691. **Portrait de Victor Orsel**, coiffé de la mitre de saint Irénée, sur toile, cadre doré. H. 0 m. 20, L. 0 m. 11.

692. **Portrait d'homme**, sur toile, cadre doré. H. 0 m. 16, L. 0 m. 15.

693. **Portrait d'homme**, sur toile, cadre doré. H. 0 m. 27, L. 0 m. 31.

694. **Portrait de femme**, étude pour un ange protecteur du tableau *Le Bien et le Mal*, sur toile, cadre doré, H. 0 m. 22, L. 0 m. 17.

695. **Etude de main**, sur toile. H. 0 m. 15, L. 0 m. 11.

696. **Portrait d'homme**, sur toile, cadre doré. H. 0 m. 20, L. 0 m. 22.

697. **Portrait d'homme** sur toile, cadre doré. H. 0 m. 20, L. 0 m. 17.

698. **Etude de mains**, sur toile. H. 0 m. 15, L. 0 m. 10.

699. Saint Irénée, portrait de Victor Orsel, sur toile, cadre doré. H. 0 m. 20, L. 0 m. 11.

700. Etude du lion, pour le tableau du *Vœu*, de la chapelle de Fourvière, qui est actuellement dans l'église de Saint-Jean. H. 0 m. 37, L. 0 m. 45.

701. Figure pour la ville de Lyon, du *tableau de la Ville préservée du choléra*, en médaillon, sur toile, cadre doré. D. 0 m. 55.

702. Etude pour la figure du Choléra, demi grandeur du *tableau du Vœu de la Ville de Lyon* en 1832, à Notre-Dame de Fourvière, peint par Victor Orsel, en 1840, sur toile, cadre doré. H. 1 m., L. 0 m. 80.

703. Etudes des mains de la Vierge, du *tableau du Vœu de la Ville de Lyon*, sur toile. H. 0 m. 19, L. 0 m. 40.

704. Etudes des pieds et des jambes du saint Jean, du *tableau de la Ville préservée du choléra*. L. 0 m. 45, H. 0 m. 38.

705. Etude des bras d'un des saints protecteurs de Lyon, du *tableau de la Ville préservée du choléra*. H. 0 m. 55, L. 0 m. 50.

706. Etude de la main du saint Jean, tenant la croix, dans le tableau du *Vœu de la ville de Lyon*, sur toile, cadre doré. H. 0 m. 22, L. 0 m. 30.

707. Etude de jambe de la figure du *Choléra*, dans le tableau du *Vœu de la ville de Lyon*, sur toile. H. 0 m. 60, L. 0 m. 24.

708. Portrait de femme, de la famille d'Orsel, costume de l'époque de la Restauration, sur toile, cadre doré. H. 0 m. 39, L. 0 m. 29.

DESSINS ENCARTÉS.

708 bis. Œuvres diverses de Victor Orsel (1795-1850),

mises en lumière et présentées par Alphonse
Périn. 106 planches accompagnées d'un texte
explicatif, Paris 1852-1877, imp. Louis Perrin et
Marinet à Lyon, 2 vol. in f°, en feuilles, un des
rares exemplaires sur grand papier de Hollande.

709. **Portrait de Victor Orsel**, à l'âge de 19 ans,
au crayon noir, par Régnier, signé et daté 1814,
a été gravé dans l'œuvre.

710. **Portrait de Victor Orsel**, à la mine de plomb,
par Alphonse Périn, avec le dessin à la plume de
l'entourage, a été gravé.

711. **Portrait de Madame Orsel**, mère de Victor,
au crayon noir, de la plus grande finesse, par lui-
même, pièce précieuse

712. **Portrait de Victor Orsel**, avec dédicace à M.
Alphonse Périn, ancien compagnon et fidèle con-
solateur de Victor en ses maux, lithographié par
Brossette, épreuve sur papier de Chine.

713. **Portrait de Madame Alphonse Périn**, femme
du peintre ami et compagnon d'Orsel, au crayon
noir.

714. **La Reine des vierges**, au crayon noir et à
l'estompe, a été gravée dans l'œuvre.

715. **Figure de vieillard**, pour *Le Riche et le Pau-
vre*, aux deux crayons.

716. **Marie reine des patriarches**, crayon noir et
estompe.

717. **La souffrance de l'âme**, à la plume, sous
verre, cadre doré, portant le cachet de la vente,
a été gravé dans l'œuvre.

718. **La pécheresse**, au crayon noir et à l'estompe,
2 pièces.

719 **La bonne fille lisant ; La bonne fille au ciel**,
croquis au crayon, 2 pièces.

720. Jeune fille, tentée par le démon, première pensée du tableau *Le Bien et le Mal,* à la plume et à la sépia, a été gravée dans l'œuvre.

DESSINS POUR L'ÉGLISE DE NOTRE-DAME DE LORETTE.

721. Dessin à la plume, de l'ensemble des peintures de *la chapelle de la Vierge* à l'église de Notre-Dame de Lorette, on y a joint la gravure. Ensemble 2 pièces.

722. Dessin original, du développement géométral des peintures de *la chapelle de la Vierge* dans l'église de Notre-Dame de Lorette, à la plume, d'une merveilleuse exécution, avec toutes les explications manuscrites de la main de Victor Orsel, pièce précieuse.

723. Eléazar, étude pour *la chapelle de la Vierge* de l'église Notre-Dame de Lorette, au crayon noir, a été gravée dans l'œuvre.

724. Etudes de nu, pour les écoinçons des pendentifs de *la chapelle de la Vierge* de Notre-Dame de Lorette, 8 pièces à la mine de plomb dont trois ont été gravées dans l'œuvre.

725. Etudes de nu et de draperies pour l'écoinçon du pendentif FIDENTIA de *la chapelle de la Vierge* à l'église de Notre-Dame de Lorette, 2 pièces à la mine de plomb.

726. Etudes de nu et de draperies pour l'écoinçon du pendentif PAX de *la chapelle de la Vierge* à l'église de Notre-Dame de Lorette, 3 pièces à la mine de plomb.

727. Compositions pour les pendentifs de *la chapelle de la Vierge* de l'église de Notre-Dame de

Lorette, 6 croquis à la mine de plomb, 2 dessins au crayon noir, 4 dessins sépias et aquarelles, ensemble 13 pièces de la plus grande finesse d'exécution.

728. Trois Evangélistes, saint Luc, saint Jean et saint Mathieu, dessins de composition pour *le dôme* de l'église de Notre-Dame de Lorette, à la plume et à la sépia, sur fonds d'or.

729. Quart de voûte et de pendentif de *la chapelle de la Vierge* à l'église de Notre-Dame de Lorette, médaillon CONSOLATRIX AFFLICTORUM, à la mine de plomb.

730. Compositions complémentaires pour l'église de Notre-Dame de Lorette, à la mine de plomb, 5 pièces.

731. Dessins de compositions et d'ornements pour la décoration de *la chapelle de la Vierge* dans l'église de Notre-Dame de Lorette, 7 pièces.

732. Dessins de compositions de *la coupole de la chapelle de la Vierge*, à l'église de Notre-Dame de Lorette, de la plus grande finesse d'exécution, à la plume et à la sépia, pièce précieuse sur parchemin.

733. Douze petites compositions, à la plume et à la sépia, pour la décoration des peintures des colonnes de *la chapelle de la Vierge* dans l'église de Notre-Dame de Lorette.

734. Croquis de dessins de compositions et d'ornements pour le plafond, les voûtes, les colonnes et les peintures de *la chapelle de la Vierge* dans l'église de Notre-Dame de Lorette, crayons, plumes et sépias, aucun de nos manuscrits du moyen âge n'est orné de dessins plus finis, sera divisé faute d'enchères, 60 pièces.

735. Croquis divers, au crayon, 10 pièces.

736. **Croquis de personnages,** 9 pièces à la mine de plomb.

737. **Figure d'adoration,** pour le *Salut des malades,* au crayon noir, 2 pièces.

738. **Figure d'homme,** d'un des personnages de Marie reine des patriarches, tableau gravé dans l'œuvre, au crayon noir et à l'estompe.

739. **Figure de femme,** au crayon noir et à l'estompe.

740. **David et Bethsabée,** dessin de composition à la plume ; **Crime** et **Punition,** deux croquis de dessin, à la mine de plomb et au crayon noir, ont été gravés dans l'œuvre.

741. **Saint Paul, saint Victor, saint Maximien,** saint Ambroise, saint André, saint Jacob, revers des pieds droits de la *chapelle de la Vierge* de l'église de Notre-Dame de Lorette, à la plume et à la mine de plomb, 6 pièces dont 2 ont été gravées dans l'œuvre.

742. **Reine des vierges,** au crayon noir et à l'estompe.

743. **Béatrix Cenci,** croquis à la plume et à la mine de plomb, 16 pièces dont 3 ont été gravées dans l'œuvre, on y a joint la gravure.

744. **Reine des vierges,** au crayon noir et à l'estompe.

745. **Dessins divers,** à la mine de plomb, 5 pièces.

746. **Portrait de femme,** crayon noir et estompe.

747. **Dessins et croquis** divers, 12 pièces.

748. **Etudes de nu,** croquis de femmes, au crayon, 9 pièces.

749. **Croquis** divers, au crayon, 12 pièces.

750. **Figures d'expression,** à la mine de plomb, 2 pièces.

751. **Croquis**, faits dans les églises et sur les pla-
ces de Rome de 1822 à 1831, 9 pièces, au crayon,
dont 2 ont été gravées dans l'œuvre.

752. **Consécration de deux évêques ; Prise de voile**,
cérémonies dans les églises de Rome, croquis
d'après nature, ont été gravées dans l'œuvre.

753. **Regina cœli**, crayon noir et estompe.

754. **Portrait de femme**, crayon noir et estompe.

755. **Figures d'hommes**, types orientaux, crayon
noir et estompe, 2 pièces.

756. **Composition** pour l'abside d'une église de
Saint-Vincent de Paul, mars 1838, crayon, a été
gravée dans l'œuvre.

757. **Figures de femme**, croquis à la mine de
plomb, 6 pièces.

758. **Croquis**, a la plume et à la mine de plomb,
pour le *Jugement de Jehanne d'Arc*, 4 pièces.

759. **Christ couronné d'épines**, saint Irénée, Victor
Orsel, etc., 5 pièces.

760. **Portrait de femme**, crayon noir et estompe.

761. **Sujets religieux**, croquis à la mine de plomb,
6 pièces.

762. **Etudes de mouvements**, mains et bras, au
crayon noir et à l'estompe, 13 pièces.

763. **Croquis** divers, 12 pièces.

764. **Croquis**, à la plume, pour le *Bienfaisant et
l'Avare*, 5 pièces.

765. **Académies**, 2 pièces, femme agenouillée, au
crayon noir, ensemble 3 pièces.

766. **Figure** de femme en adoration, crayon noir
et estompe.

767. **Figure** de vieillard pour *Marie reine des patriarches*, crayon noir et deux crayons, 2 pièces.

768. **Figures** de femmes, crayon noir et estompe, 5 pièces.

769. **Figure** de femme, figures d'enfants, crayon noir et 2 crayons, 3 pièces.

770. **Figures** d'homme, crayon noir et estompe, 2 pièces.

771. **La jeune veuve et la mort**, croquis à la plume et à la mine de plomb, 4 pièces dont 2 ont été gravées dans l'œuvre.

772. **Croquis** à la mine de plomb pour *la Mort de Judas*, 5 pièces.

773. **Figures de femmes**, croquis faits en Italie, 2 pièces.

774. **Figure d'homme**, étude de nu, au crayon noir.

775. **Croquis** à la plume, 7 pièces.

776. **Le vœu de la ville de Lyon**, première pensée, à la plume.

777. **Saint Jean ; Figure du choléra**, du *tableau du Vœu*, au crayon noir, 2 pièces.

778. **Figure** pour la ville de Lyon du *tableau du Vœu*, au crayon noir, grandeur d'exécution.

779. **Saint Irénée**, l'un des saints protecteur de la ville de Lyon, du *tableau du Vœu*, crayon noir et estompe.

780. **Eve**, au crayon noir, pour *la Mort d'Abel*, collé sur toile et monté sur chassis, a été gravé dans l'œuvre.

781. **Etudes de nu** pour l'Adam et le Caïn de *la Mort d'Abel*, étude de têtes pour Abel, 2 pièces au crayon noir et au deux crayons, ensemble 4 pièces, on y a joint la gravure avec une légende explicative manuscrite.

782. **Pharaon**, du *tableau de Moïse*, au crayon noir, a été gravé dans l'œuvre.

783. **Les suivantes de Thermutis** du *tableau de Moïse* et de deux études pour la figure du petit Moïse, au crayon noir et à la mine de plomb, ensemble 6 pièces.

784. **La première communion**, à la plume, a été gravé dans l'œuvre, c'est un des derniers dessins du maître.

785. **Marie miroir de justice**, à la mine de plomb, a été gravé dans l'œuvre.

786. **Job**, figure au crayon noir et à l'estompe.

787. **Enfant Jésus**, pour *la Reine des patriarches, le Salut des malades* etc., 5 pièces.

788. **Figure d'adoration**, hommes, 2 pièces, crayon noir.

789. **Croquis** de composition, à la plume, 3 pièces.

790. **Croquis** divers, au crayon, 17 pièces.

791. **Architecture**, à la plume et au crayon, 10 pièces.

792. **Mains**, études à la mine de plomb, 12 pièces.

793. **Première pensée** de composition d'un *Jugement dernier*, plume et crayon ; **La vierge** et l'Enfant Jésus, dessin à la pointe, 2 pièces.

794. **Croquis**, à la mine de plomb, figures d'hommes nus, 17 pièces.

795. Portrait de femme, crayon noir et estompe.

796. **Figure**, pour *Socrate*, au crayon noir.

797. **Figures de femmes**, croquis à la mine de plomb, 6 pièces.

798. **Etudes de figures** pour l'ange protecteur du tableau *Le Bien et le Mal*, 2 pièces, au crayon noir.

799. Croquis, à la plume et à la mine de plomb, charges d'atelier, portraits en caricatures, 24 pièces.

800. Croquis, au crayon noir et à la mine de plomb, charges d'atelier, portraits en caricatures, 16 pièces.

801. Autographe, cahier manuscrit de 13 pages contenant l'explication des peintures de *la chapelle de la Vierge* dans l'église de Notre-Dame de Lorette, avec un dessin original à la plume.

802. Autographe, copie manuscrite du testament de Victor Orsel.

803. Guerin, 34 dessins divers légués par lui à Victor Orsel son élève, seront divisés.

MONTBRISON, IMP. E. BRASSART.